L'ÎLE AU TRÉSOR

ROBERT LOUIS STEVENSON

L'ÎLE AU TRÉSOR

Traduit et adapté de l'anglais par Michel Laporte

PREMIÈRE PARTIE

L'ancien boucanier

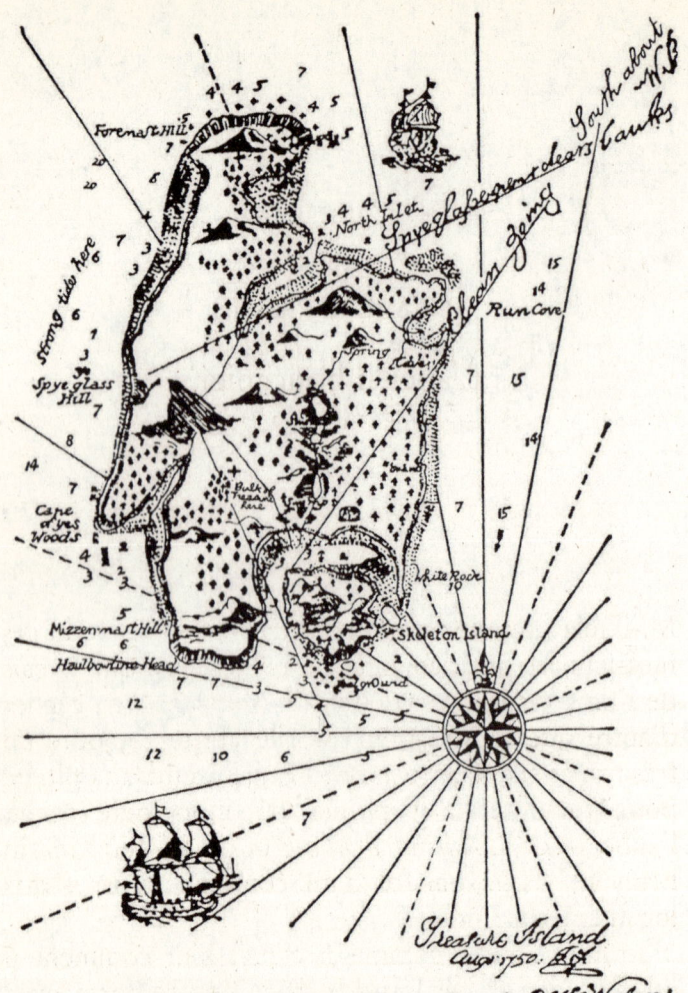

Treasure Island
Augt 1750 ——

Green — G above I. F. E: M.r. ↑↑ Bones Maste of ye Walrus
Savannah this twenty July 1754 W. B.

Facsimile of Chart; latitude and
longitude struck out by J. Hawkins

1

Le vieux loup de mer
à *L'Amiral Benbow*

M. Trelawney, le docteur Livesey et le reste de ces messieurs m'ont demandé de raconter ce que je sais de l'Île au trésor, du début à la fin, sans rien cacher d'autre que sa situation car elle abrite toujours un trésor. Aussi, en cette année 17.., je prends ma plume pour remonter à l'époque où mon père tenait l'auberge de *L'Amiral Benbow* et où le vieux marin brun au visage balafré d'un coup de sabre a pris logement chez nous.

Je me rappelle comme si c'était hier comment il est venu de son pas lourd frapper à notre porte, avec son gros coffre qui le suivait sur un char à bras. C'était un homme grand, massif, robuste, à la peau couleur de châtaigne. Sa queue de cheval poisseuse tombait sur les épaules de son manteau bleu très sale. Il avait les mains abîmées, couvertes de cicatrices, des ongles noirs et ébréchés. La cicatrice d'un coup de sabre lui barrait la joue, une balafre d'un blanc sale. Je me rappelle qu'il a balayé les environs du regard tout en sifflotant pour lui-même puis qu'il a entonné cette chanson de marin qu'il a chantée si souvent par la suite : « À quinze sur le coffre du mort – Yo ho ho ! Et une bouteill'de rhum ! » de sa voix haut perchée et chevrotante qui semblait s'être désaccordée et cassée à force de crier des ordres.

Il a frappé sèchement à la porte avec un bout de bâton qu'il transportait avec lui et, quand mon père paru, il a commandé sèchement un verre de rhum. Lentement, à la façon d'un connaisseur, il l'a bu quand on le lui a apporté, s'attardant à le déguster tout en faisant aller et venir son regard entre les falaises environnantes et notre petite enseigne.

— Un havre bien commode, a-t-il dit enfin, et un débit à grog bien situé. Beaucoup de monde dans le coin, compère ?

Mon père lui a répondu que non, qu'il y avait peu de monde et que c'était bien dommage.

— Alors, a-t-il dit, c'est le mouillage idéal pour moi ! Hé toi, camarade, a-t-il crié à l'homme qui traînait le char à bras, amène-toi et aide-moi avec ma malle ! Je vais rester ici, a-t-il continué. Je suis un homme simple : du rhum et des œufs au bacon, c'est tout ce dont j'ai besoin. Et de ce promontoire, là, pour voir les bateaux qui passent... Comment que vous pouvez m'appeler ? Vous pouvez me dire « capitaine ». Ah ! je comprends ce que vous voulez dire... Voilà !

Et il a lancé trois ou quatre pièces d'or sur le seuil.

— Vous pourrez me prévenir quand j'en serai au bout, a-t-il dit, avec l'air féroce d'un commandant.

Et de fait, pour pitoyables qu'étaient ses habits et rude son langage, il n'avait pas l'air d'un homme qui a navigué comme simple matelot mais semblait plutôt un capitaine, un chef de bord habitué à être obéi ou à punir.

L'homme au char à bras nous a révélé que la diligence l'avait déposé le matin devant *Le Royal George*, qu'il avait demandé quelles auberges on trouvait sur la côte et qu'en entendant dire que la nôtre avait bonne réputation, et je suppose, aussi, qu'elle était isolée, il l'avait choisie entre toutes pour venir y résider. C'est tout ce que nous avons pu apprendre sur le compte de notre client.

C'était un homme d'habitudes fort silencieuses. Tout le jour, il traînait autour du havre ou, au-dessus, sur les falaises avec une longue-vue en cuivre. Tous les soirs, il demeurait assis dans un coin de la salle près du feu, à boire des grogs bien tassés. Généralement, il ne répondait pas quand on lui parlait et se contentait de vous regarder férocement en soufflant par le nez comme une corne de brume. Comme tous nos clients et voisins, nous avons vite appris à le laisser tranquille. Tous les jours, en rentrant de sa

11

balade, il demandait s'il n'était pas passé des marins sur la route. Au début, nous avons pensé que c'était l'absence de compagnie qui lui faisait poser la question mais nous avons fini par comprendre qu'il était plutôt soucieux de les éviter. Quand un matelot paraissait à *L'Amiral Benbow* – il en passait de temps en temps sur la route côtière de Bristol – il l'examinait à travers le rideau de la porte avant qu'il n'entre dans la salle. Et il restait aussi silencieux qu'une souris tout le temps que l'autre s'attardait. Pour moi, au moins, le sujet n'était plus un secret car, d'une certaine façon, je partageais ses inquiétudes. Il m'avait pris à part, un jour, et m'avait promis une pièce de quatre pence en argent le premier de chaque mois pour que je veille au grain et que, au cas où il viendrait un marin unijambiste, je le lui fasse savoir immédiatement.

Assez souvent, quand arrivait le premier du mois et que je lui réclamais mon salaire, il se contentait de souffler par le nez et de me fixer par en dessous mais, avant que passe la semaine, il se ravisait. Il m'apportait ma pièce en me répétant ses ordres de surveiller « un marin avec une seule jambe ».

Inutile de le dire, ce personnage hantait mes rêves. Les nuits de tempête, quand le vent secouait la maison par les quatre coins et que les vagues rugissaient en s'abattant sur le havre et les falaises, je le voyais paraître sous mille formes, avec mille expressions diaboliques. Une fois la jambe était coupée au genou, une autre à la hanche, une autre, encore, c'était une créature monstrueuse qui n'avait jamais eu qu'une seule jambe. Quand il me poursuivait en sautant par-dessus les fossés et les clôtures, c'était là mon pire cauchemar. En fait, je payais très cher mes quatre pence mensuels, sous forme de terreurs abominables.

J'étais terrifié par l'idée du marin unijambiste mais j'avais moins peur du capitaine lui-même que n'importe qui d'autre qui le connaissait. Il y avait des soirs où il ingurgitait un peu plus de grogs qu'il pouvait en supporter. Alors, il arrivait qu'il reste dans son coin à chanter ses vilaines chansons de marin sans se soucier de quiconque. Il arrivait aussi qu'il fasse circuler les verres autour de lui et qu'il force la compagnie à écouter ses histoires ou à reprendre ses chansons en chœur.

J'ai souvent entendu la maison trembler à cause des « Yo ho ho ! Et une bouteill'de rhum ! » que tous les clients reprenaient à tue-tête, la peur au ventre, chacun chantant plus fort que son voisin pour éviter de s'attirer une mauvaise querelle. Car dans ses crises, le capitaine était le pire des compagnons qui soient. Il tapait du poing sur la table pour exiger le silence. Il s'emportait terriblement à la moindre question ou, parfois, parce qu'on ne lui posait pas de question – il jugeait alors que son auditoire ne suivait pas son histoire. En prime, il n'autorisait per-sonne à quitter l'auberge avant qu'il sombre dans le sommeil à force d'ivresse et, alors, on le traînait dans son lit.

Ses histoires étaient ce qui effrayait le plus les gens.

Des histoires horribles, pleines de pendaisons, de supplices de la planche, de tempêtes en mer, de l'île de la Tortue et de faits et gestes sanguinaires dans les Caraïbes. Mon père disait que l'auberge serait bientôt en faillite car les gens cesseraient d'y venir se faire tyranniser et menacer avant d'être renvoyés tout tremblants à leur lit. Je crois, au contraire, que sa présence nous était profitable. Sur le moment, les gens avaient peur mais ensuite, en y repensant, ils aimaient bien ça. C'était si excitant dans leur paisible existence campagnarde, que quelques-uns des clients, les plus jeunes, prétendaient l'admirer, le qualifiaient de « vrai loup de mer » et d'autres vocables du même tonneau, et disaient que c'étaient les hommes de sa trempe qui avaient rendu l'Angleterre si redoutable sur les mers.

D'une certaine façon, il a fait tout ce qu'il fallait pour nous ruiner puisqu'il est resté semaine après semaine puis mois après mois, si bien que l'avance d'argent s'est épuisée sans que mon père trouve le courage d'insister pour en obtenir d'autre. S'il lui en parlait, le capitaine soufflait par le nez, si fort qu'on aurait pu dire qu'il rugissait, et fixait mon pauvre père jusqu'à ce qu'il quitte la pièce. Je l'ai vu se tordre les mains après une telle rebuffade et, j'en suis sûr, la terreur et la contrariété dans lesquelles il vivait ont grandement hâté sa fin.

De tout le temps qu'il a passé chez nous, le capitaine n'a jamais changé de vêtements, sauf de bas, qu'il a achetés à un colporteur. Quand une des cornes de son chapeau s'est décousue, il l'a laissée

14

pendre même si cela le gênait beaucoup quand le vent soufflait. Je me rappelle l'aspect de son manteau qu'il rapiéçait lui-même, dans sa chambre et qui, avant la fin, n'était plus qu'un ramassis de pièces. Il n'écrivait jamais, ne recevait pas de courrier et ne parlait qu'avec nos voisins et encore, ne le faisait-il que quand il avait abusé du rhum. Son grand coffre de marin, aucun de nous ne l'a jamais vu ouvert.

Il se trouva quelqu'un pour le contrecarrer une fois, et c'était vers la fin, alors que mon père était déjà bien affecté par la maladie qui devait l'emporter. Le docteur Livesey était venu, tard, une après-midi, voir son patient. Ma mère lui a servi à dîner, puis il est allé dans la salle fumer sa pipe le temps qu'on amène son cheval depuis le village – notre vieux Benbow n'avait pas d'écurie. Je l'ai suivi. Je me souviens d'avoir noté le contraste que le docteur net et pimpant avec sa perruque blanche bien poudrée, son regard vif et ses manières plaisantes, formait avec les paysans des environs et, surtout, avec notre épouvantail de pirate, crasseux, lourdingue. Il était assis, déjà bien imbibé de rhum, le regard vaseux et les bras posés sur la table.

Brusquement, il – le capitaine – entonna sa sempiternelle chanson :

« À quinze sur le coffre du mort – Yo ho ho ! Et une bouteill'de rhum ! Boisson et diable ont pris les autres – Yo ho ho ! Et une bouteill'de rhum ! »

Au début j'avais supposé que le coffre du mort n'était autre que sa grosse cantine, dans la chambre de devant, à l'étage, et cette idée s'était mêlée au personnage du marin à une jambe dans mes cauchemars.

À cette époque, toutefois, nous avions cessé de faire attention à la chanson ; ce soir-là, elle n'était nouvelle pour personne sauf le docteur Livesey, et j'ai pu observer qu'elle ne lui faisait pas plaisir car il a levé les yeux un moment, l'air très en colère, avant de recommencer à parler avec le vieux Taylor, le jardinier, de nouveaux remèdes pour les rhumatismes. Le capitaine s'est laissé emporter par sa propre musique et, finalement, il a tapé du poing sur la table, sa façon à lui de réclamer le silence. Les conversations se sont interrompues aussitôt. Seul, le docteur Livesey a continué de parler comme avant, d'une voix claire et douce, en tirant sur sa pipe à la fin de chaque phrase. Le capitaine l'a fixé un moment, a tapé une seconde fois sur la table, l'a fixé encore plus durement et finalement a lâché en accompagnant son propos d'un vilain juron :

— Silence, là-bas, dans l'entrepont !

— Vous adressiez-vous à moi, monsieur ? a demandé le docteur.

Et quand le vaurien lui a répondu, avec un autre juron, que tel était le cas :

— Je n'ai qu'une chose à vous dire, monsieur, a répliqué le docteur, c'est que si vous continuez à boire du rhum, le monde sera bientôt débarrassé d'un très sale gredin.

La rage du vieux marin a été terrible. Il a sauté sur ses pieds, a tiré un couteau à cran d'arrêt qu'il a ouvert et, le faisant sauter dans la paume de la main, a menacé le docteur de l'épingler au mur.

Le docteur ne s'en est pas ému. En parlant comme auparavant, par-dessus l'épaule, avec le même ton de voix, assez fort pour que tout le monde puisse entendre, mais calmement et fermement, il lui a dit :

— Si vous ne remettez pas ce couteau dans la poche immédiatement, je vous donne ma parole d'honneur de vous faire pendre la prochaine fois que se réunira la cour d'assises.

Un bref moment, ils se sont affrontés du regard jusqu'à ce que le capitaine baisse les yeux, range son arme et se rassoie en grognant comme un chien battu.

— Et à présent, monsieur, a poursuivi le docteur, puisque je sais qu'il se trouve un individu comme vous dans mon district, vous pouvez compter que j'aurai l'œil sur vous, jour et nuit. Je ne suis pas seulement docteur, je suis juge, aussi, et si j'entends la plus infime plainte contre vous, même si c'est pour un manque de politesse comme ce soir, je prendrai toutes les dispositions nécessaires pour vous mettre la main au collet et vous jeter dehors. Tenez-vous-le pour dit !

Peu après, le cheval du docteur est arrivé et ce dernier est parti mais le capitaine s'est tenu bien tranquille ce soir-là, et beaucoup d'autres ensuite.

2

Black Dog apparaît et disparaît

Ce fut peu après que survint le premier des événements mystérieux qui devaient nous débarrasser du capitaine, mais pas, vous le verrez, de ses affaires. C'était un hiver particulièrement froid, avec de fortes gelées qui duraient, et de grosses tempêtes. Et il était clair depuis le début que mon père avait peu de chances de voir le printemps. Il sombrait jour après jour. Ma mère et moi avions l'auberge sur les bras, ce qui nous occupait assez pour que nous accordions beaucoup d'attention à notre peu plaisant client.

C'était un matin de janvier, très tôt, un matin glacial et piquant ; le havre était tout gris de givre, la houle léchait doucement les rochers, le soleil encore bas atteignait seulement le haut des collines et brillait, lointain, sur la mer. Le capitaine s'était levé plus tôt que d'ordinaire. Il était parti sur la plage, son sabre pendouillant sous les basques de son manteau, son télescope sous le bras, son chapeau repoussé en arrière sur la tête.

Je me rappelle son haleine qui flottait comme de la fumée dans son sillage alors qu'il s'éloignait et le dernier bruit que je l'ai entendu faire, un grognement d'indignation, comme s'il repensait au docteur Livesey.

À ce moment-là, ma mère était en haut, avec mon père, et j'étais en train de mettre la table du petit-déjeuner pour le capitaine, à son retour, quand la porte de la salle s'est ouverte. Un homme est entré que je ne connaissais pas, même pas de vue. C'était une créature pâle et falote à qui manquaient deux doigts à la main gauche et qui, bien qu'il portât un sabre, ne semblait pas du genre belliqueux. J'avais toujours l'œil ouvert sur les marins, avec une jambe ou avec deux, et, je m'en souviens, celui-là m'a rendu perplexe. Il n'avait pas l'allure d'un vrai matelot et, pourtant, il traînait quelque chose de l'air du large après lui.

Je lui ai demandé ce qu'il y avait pour son service et il m'a dit qu'il allait prendre du rhum. Comme je sortais en chercher, il s'est assis sur une table et m'a fait signe d'approcher. Je me suis immobilisé où j'étais, ma serviette à la main.

— Viens ici, fiston, a-t-il dit. Approche !

J'ai fait un pas vers lui.

— Cette table est celle de mon camarade Bill ?
a-t-il demandé en me regardant plutôt sournoisement.

Je lui ai dit que je ne connaissais pas son camarade
Bill et qu'elle était destinée à une personne qui
demeurait chez nous et que nous appelions le capitaine.

— Mon camarade Bill pourrait tout aussi bien se
faire appeler le capitaine, a-t-il dit. Il a une balafre
sur la joue et des manières bigrement plaisantes quoique bien à lui, surtout quand il boit, le camarade
Bill. Imaginons, histoire de causer un peu, que ton
capitaine ait une cicatrice sur une joue et disons, si
tu le veux bien, que cette joue, ce soit la joue droite.
Aha ! Je te l'avais dit ! Et maintenant, le camarade
Bill, il est ici, à la maison ?

Je lui ai répondu qu'il était sorti se promener.

— De quel côté, fiston ? Il est parti de quel côté ?

Je lui ai montré le rocher, je lui ai dit par où et à
quelle heure le capitaine était susceptible de rentrer
et j'ai répondu à quelques autres questions. Après
quoi :

— Ah ! a-t-il dit, cela fera autant plaisir à mon
camarade Bill de me revoir qu'un coup à boire.

L'expression de son visage quand il a prononcé
ces mots n'était pas plaisante du tout, et j'avais mes
propres raisons de croire que le visiteur se trompait,
à supposer qu'il pensait vraiment ce qu'il avançait.

Mais ce n'était pas mes affaires, ai-je pensé. En
plus, il m'était difficile de faire quoi que ce soit. Le

visiteur est resté à attendre juste derrière la porte de l'auberge en surveillant l'accès à la maison comme un chat guette une souris. Je suis sorti une fois sur la route mais il m'a aussitôt appelé et, comme je n'obéissais pas assez vite à son gré, un horrible changement s'est produit sur son visage terne tandis qu'il m'ordonnait de rentrer avec un juron qui m'a fait sursauter. Dès que j'ai été dedans, il a retrouvé ses façons d'avant. Moitié servile, moitié méprisant, il m'a tapé sur l'épaule, m'a dit que j'étais un brave gars et qu'il m'avait à la bonne.

— J'ai un fils à moi, a-t-il continué, qui te ressemble trait pour trait et qui fait la fierté de mon cœur. Mais la grande chose pour les gars, c'est la discipline, fiston, la discipline ! Si t'avais navigué avec Bill, t'aurais pas attendu qu'on te dise les choses deux fois, ça non ! C'était pas les habitudes de Bill, ni de ceux qui naviguaient avec lui. Et tiens, voilà pour sûr mon camarade Bill qui revient, avec une longue-vue sous le bras, Dieu bénisse son vieux cœur ! Toi et moi, on va juste retourner dans la salle, fiston, et nous tenir derrière la porte pour faire à Bill une belle surprise, Dieu le bénisse ! je le dis de nouveau.

Sur ces mots, le visiteur est retourné dans la salle avec moi et m'a placé derrière lui dans le coin de la porte de sorte que celle-ci nous cachait. J'étais mal à l'aise et inquiet, comme vous pouvez l'imaginer, et ma peur était d'autant plus grande que, je le voyais bien, il était effrayé lui aussi. Il a dégagé la poignée

22

de son sabre et fait jouer la lame dans le fourreau. Et tout le temps que nous avons attendu, il n'a pas cessé d'avaler sa salive comme s'il avait un chat dans la gorge.

Enfin il est entré : le capitaine a claqué la porte derrière lui sans regarder ni à droite ni à gauche, et il a foncé droit à travers la salle vers le petit-déjeuner qui l'attendait.

— Bill, a dit le visiteur d'une voix qu'il s'est efforcé de faire sonner ferme et forte.

Le capitaine a pivoté vivement sur ses talons pour nous faire face. Tout le hâle avait disparu de son visage, même son nez était devenu bleu. Il avait l'air d'un homme qui voit un fantôme, ou le Malin, ou quelque chose de pire encore – si quelque chose peut être pire. Et – ma parole ! – je me suis senti désolé de le voir apparaître, en un clin d'œil, aussi vieux, et malade.

— Voyons, Bill, tu me remets ? Tu reconnais un vieux compagnon de bord, pour sûr ! a dit le visiteur.

Le capitaine a repris bruyamment son souffle.

— Black Dog ! a-t-il dit.

— Qui d'autre ? a répliqué le visiteur qui semblait mieux à l'aise. Black Dog, pareil à lui-même, qu'est venu voir son vieux camarade Billy, à l'auberge de *L'Amiral Benbow*. Ha ! Bill !... Bill ! On en a vu passer du temps, tous les deux, depuis que je les ai perdues, ces deux serres ! a-t-il ajouté en levant sa main mutilée.

— Bon, écoute ! a répondu le capitaine. Tu m'as trouvé, je suis ici, alors, eh bien ! causons. Qu'y a-t-il ?

— C'est tout toi ça, Bill, a répliqué Black Dog, toujours pile dans le vrai ! Je vais prendre un rhum que va m'apporter ce petit gars que j'ai vraiment à la bonne et puis on va se poser là et causer entre quatre yeux, comme de vieux matelots !

Quand je suis revenu avec le rhum, ils s'étaient déjà installés face à face, à la table de petit-déjeuner du capitaine. Black Dog s'était assis du côté de la porte et en travers, de façon à avoir un œil sur son « vieux camarade » et l'autre, ai-je pensé, sur la sortie.

Il m'a demandé de m'en aller en laissant la porte grande ouverte.

— Et avec moi, fiston, pas question de regarder par le trou de la serrure ! a-t-il dit.

Je les ai laissés seuls pour me réfugier dans le bar.

Pendant un bon moment, quoique j'aie fait de mon mieux pour écouter, je n'ai entendu qu'un chuchotis. Puis les voix ont enflé et, par intervalles, j'ai pu saisir un mot ou deux, surtout des jurons que lançait le capitaine.

— Non, non et non ! Suffit avec ça ! a-t-il crié à un moment.

Et aussi :

— S'il faut se balancer la corde au cou, on ira tous ensemble, je te le dis !

Brusquement, il s'est produit une terrible explo-

24

sion de jurons et d'autres bruits – la chaise et la table ont volé, un choc de fer contre du fer a suivi, puis un cri de douleur et, tout de suite après, j'ai vu Black Dog qui prenait la fuite avec le capitaine après lui. Tous les deux avaient dégainé leur sabre et du sang coulait de l'épaule du premier. Juste devant la porte, le capitaine a porté un dernier coup terrible au fugitif. Il l'aurait sûrement fendu en deux jusqu'à l'échine si notre enseigne de *L'Amiral Benbow* n'avait pas reçu le coup à sa place. On peut encore en voir la marque sur le bord inférieur du cadre.

Ce coup mit fin à la bagarre. Une fois sur la route, Black Dog, malgré sa blessure, nous a fait voir une paire de talons merveilleusement cirés et a disparu en haut de la colline en moins d'une demi-minute. Le capitaine, de son côté, est resté à regarder l'enseigne d'un air éberlué. Puis il a passé la main plusieurs fois sur ses yeux avant de rentrer dans la maison.

— Jim, a-t-il dit, du rhum !

Il titubait en parlant et a dû se tenir au mur avec la main.

— Êtes-vous blessé ? ai-je demandé.

— Du rhum, a-t-il répété. Faut que je trisse d'ici ! Du rhum ! Du rhum !

J'ai couru en chercher mais j'étais plutôt perturbé par ce qu'il venait d'arriver, aussi ai-je cassé un verre et tordu le robinet avant d'entendre, alors que je revenais, le bruit d'une lourde chute dans la salle. J'ai couru pour trouver le capitaine allongé de tout son long sur le plancher. Ma mère, que les cris et

25

les bruits avaient alertée, a descendu l'escalier précipitamment pour venir m'aider. À tous les deux, nous
lui avons soulevé la tête. Il respirait fort et bruyamment mais ses yeux restaient clos et son visage avait
pris une très vilaine couleur.

— Pauvre de moi ! s'est plainte ma mère. Quelle
honte pour la maison ! Et ton pauvre père qui est
malade !

En attendant, nous ne savions pas que faire pour
aider le capitaine ; nous pensions seulement qu'il
avait été mortellement touché lors de la bagarre avec
le visiteur. Pour m'en assurer, j'ai essayé de verser le
rhum dans sa bouche mais il avait les dents serrées
et ses mâchoires étaient aussi dures que de l'acier.
Avec un réel soulagement, nous avons vu la porte
s'ouvrir et le docteur Livesey entrer. Il venait visiter
mon père.

— Docteur ! avons-nous demandé, que peut-on
faire ? Où est-il blessé ?

— Blessé, bernique ! a dit le docteur. Pas plus
blessé que vous ou moi. Il a eu une attaque, je l'avais
prévenu. Vous, madame Hawkins, remontez auprès
de votre mari et, si possible, ne lui dites rien de tout
ceci. Pour ma part, je dois faire de mon mieux pour
sauver la peau de cet individu qui ne le mérite pas.
Jim, apporte-moi une cuvette !

Quand je suis revenu avec la cuvette, le docteur
avait remonté la manche du capitaine et découvert
un gros bras musculeux. Il était tatoué à plusieurs
endroits. « Ici la chance », « Bon vent » et « Billy

Bones, son chéri » étaient inscrits très lisiblement sur l'avant-bras. Plus haut, vers l'épaule, il y avait une potence avec un homme pendu, le tout, ai-je pensé, dessiné avec pas mal d'inspiration.

— Prophétique ! a dit le docteur en touchant la potence du doigt. Et maintenant, maître Billy Bones, si c'est bien votre nom, voyons voir la couleur de votre sang. Jim, tu as peur du sang ?

— Non, monsieur, ai-je répondu.

— Bien ! Alors tu tiendras la cuvette.

Sur quoi il a pris sa lancette et a ouvert une veine.

Il a fallu prélever beaucoup de sang avant que le capitaine n'ouvre les yeux pour jeter un regard brumeux autour de lui. Il a d'abord reconnu le docteur, ce qui lui a fait faire une grimace. Il m'a ensuite aperçu, ce qui l'a soulagé. Mais, brusquement, il a changé de couleur et a tenté de se lever en criant :

— Où est Black Dog ?

— Il n'y a pas de Black Dog ici, a dit le docteur, sauf celui sur votre dos. Vous avez bu du rhum, vous avez eu une attaque, juste comme je l'avais prédit, et je vous ai tiré tête première de la tombe quand bien même je n'en avais pas envie. À présent, maître Billy Bones...

— C'est pas mon nom ! l'a interrompu le capitaine.

— Peu m'importe, a répliqué le docteur. C'est le nom d'un boucanier de ma connaissance et je vous appellerai ainsi pour faire court. Voici ce que j'ai à vous dire : un verre de rhum ne vous tuera pas mais si vous en buvez un, vous en boirez un autre et un autre, et – je parierais ma perruque là-dessus ! – si vous n'arrêtez pas de boire, vous mourrez. Vous me comprenez bien ? Vous mourrez et retournerez d'où vous venez, comme il est dit de l'Homme dans la Bible. Allez, faites un effort ! Je vais vous aider jusqu'à votre lit, pour cette fois.

À nous deux, tant bien que mal, nous sommes parvenus à le hisser à l'étage et à l'étendre sur son lit. Sa tête est tombée sur l'oreiller et il est resté à demi évanoui.

— À présent, faites attention, a dit le docteur. Pour avoir la conscience tranquille, je le répète : le rhum, pour vous, c'est la mort !

Sur quoi il est sorti pour aller au chevet de mon père en me prenant par le bras.

— Ce n'est rien, a-t-il dit dès qu'il a refermé la porte. Je lui ai tiré assez de sang pour qu'il se tienne sage un bon moment. Il devrait rester couché où il est une semaine. C'est ce qu'il y a de mieux pour lui... et pour vous. Mais une autre attaque l'achèverait.

3

La tache noire

Vers midi, je suis monté chez le capitaine, lui porter à boire et ses médicaments. Il était couché à peu près comme nous l'avions laissé sauf qu'il s'était un peu redressé. Il semblait à la fois faible et excité.

— Jim, m'a-t-il dit, tu es le seul qui vaille quelque chose et, tu le sais, j'ai toujours été bon avec toi. Je n'ai pas laissé passer un mois sans te donner quatre pence, pour toi tout seul. Tu vois, mon gars, je suis bien bas et abandonné de tous. Tu m'apporteras bien un petit verre de rhum, n'est-ce pas, mon pote ?

— Le docteur, ai-je commencé.

Il s'est mis à maudire le docteur, d'une voix faible, mais avec véhémence.

— Les docteurs, a-t-il dit, c'est des chiffons ! Ce

docteur d'ici, hein, il connaît quoi aux marins ? J'ai été dans des endroits chauds comme c'est pas croyable, où les gars tombaient de la fièvre jaune et où les tremblements de terre soulevaient le sol comme des vagues. Il les connaît, le docteur, les pays comme ça ? Moi j'y ai survécu grâce au rhum, je te le dis ! Il a été le manger et le boire pour moi, comme une fiancée. Et maintenant, si je ne peux pas en avoir un petit coup, je suis rien qu'une épave échouée sous le vent. T'auras ma mort sur la conscience, toi et ce chiffon de docteur !

Là, il s'est remis à jurer pendant un bon moment.

— Regarde, Jim, mes doigts tremblent ! a-t-il continué d'un ton suppliant. Je peux pas les empêcher de bouger. J'en ai pas eu une goutte de toute la satanée journée. Ce docteur est idiot, je te dis. Si j'ai pas une lichette de rhum, Jim, j'aurai mes horreurs. J'en ai vu quelques-unes déjà. J'ai vu le vieux Flint dans le coin là, derrière toi. Aussi net qu'une page de livre, je l'ai vu. Si j'ai des visions, alors là... parce que je suis un homme qui a vécu salement, tu sais, et j'égalerai Caïn. Ton docteur a dit qu'un verre ne me ferait pas de mal. Je te donnerai une guinée en or pour un petit verre, Jim !

Il s'excitait de plus en plus, ce qui m'a inquiété pour mon père ; il était mal ce jour-là, et avait bien besoin de calme. En plus, j'ai été rassuré par les propos du docteur qu'il venait de rappeler et plutôt vexé qu'il ait essayé de m'acheter.

— Je ne veux pas de votre argent, ai-je dit, mais

plutôt ce que vous devez à mon père. Je vous donnerai un verre, un seul !

Quand je le lui ai apporté, il l'a pris avec avidité
et l'a vidé d'un coup.

— Ouais ! ça fait sacrément du bien ! a-t-il dit.
Au fait, mon gars, d'après le docteur, combien de
temps que je dois rester au port sur cette vieille
couchette ?

— Une semaine au moins, ai-je répondu.

— Mille tonnerres ! Une semaine ! Je peux pas !
Ils m'auront envoyé la tache noire d'ici là. Les crapules mettent le cap sur moi en ce moment même.
Des crapules qui sont pas fichus de garder ce qu'ils
ont et qui veulent piquer ce qu'est aux autres ! C'est
des manières de marins, ça, je te demande un peu ?
Moi, je suis un gars économe. J'ai jamais gâché ma
belle argent, ni rien perdu au jeu. Mais je les aurai
de nouveau ! Je leur lâcherai une autre bordée, mon
pote, et je les couillonnerai encore une fois !

Tout en parlant de la sorte, il s'est levé du lit à
grand-peine, en se cramponnant à mon épaule qu'il
a serrée si fort que j'en ai presque crié et en bougeant
ses jambes comme si elles étaient mortes. Ses propos
animés contrastaient pitoyablement avec la faiblesse
de la voix qui les murmurait. Il s'est interrompu
quand il est parvenu à s'asseoir sur le bord du lit.

— Ce docteur m'a achevé, a-t-il murmuré. J'ai les
oreilles qui sifflent. Aide-moi à me recoucher.

Avant que j'aie pu faire grand-chose pour l'aider,

il est retombé comme il était avant. Il est demeuré silencieux un moment, puis :

— Jim, a-t-il dit, tu as vu ce marin, aujourd'hui ?

— Black Dog ? ai-je demandé.

— Ah ! Black Dog, a-t-il dit. Lui, c'est un sale vaurien mais y a pire : celui qui le pousse. Si je ne peux pas m'en aller tout de suite et qu'ils me font passer la tache noire, rappelle-toi que c'est mon coffre qu'ils veulent. Alors tu prends un cheval – tu sais monter à cheval, non ? Alors tu prends un cheval et tu vas... eh bien, oui... tu vas trouver cet inévitable chiffon de docteur et tu lui dis de rameuter tout le monde – les magistrats et tout et tout – et qu'alors il les coincera à *L'Amiral Benbow* – tout l'équipage du vieux Flint, mousses et matelots, tout ce qu'il en reste. J'étais second, tu vois. Second du vieux Flint, j'étais, et je suis le seul qui connaît l'endroit. Il me l'a enseigné à Savannah, alors qu'il était en train de mourir, comme moi maintenant en quelque sorte. Mais t'iras pas moucharder avant qu'ils m'aient passé la tache noire ou que t'aies vu de nouveau Black Dog ou alors un marin avec une seule jambe – surtout lui, Jim !

— C'est quoi, cette tache noire, capitaine ? ai-je demandé.

— C'est un coup de semonce, mon gars. Je te le dirai s'ils me font ça. Mais toi, tu gardes l'œil ouvert, Jim, et je ferai moitié moitié avec toi, t'as ma parole !

Il a déliré encore un peu tandis que sa voix faiblissait, puis, après avoir pris ses remèdes – il les a avalés comme un gosse en remarquant : « si jamais un marin a eu besoin de remèdes, c'est bien moi ! » – il a fini par sombrer dans un sommeil profond, quasi comateux. Je l'ai laissé.

Ce que j'aurais fait si tout était allé bien, je ne le sais pas. Je serais sans doute allé raconter l'histoire au docteur car j'avais terriblement peur que le capitaine regrette sa confession et se débarrasse de moi. Mais il s'est fait que mon pauvre père est mort brutalement ce soir-là, ce qui a relégué les autres soucis au second plan. Notre chagrin, les visites des voisins, les préparatifs des funérailles, le travail de l'auberge qu'il a quand même fallu faire... J'ai été tellement occupé que je n'ai pas eu le temps de penser au capitaine, pas même pour en avoir peur.

Il est descendu le lendemain et a pris ses repas comme d'habitude même s'il a mangé moins et bu, j'en ai bien peur, plus que sa ration de rhum, parce qu'il s'est servi lui-même au bar, l'air rogue, et en soufflant si fort par le nez que personne n'a osé l'en empêcher. La nuit avant les funérailles, il était soûl comme toujours. Dans cette maison frappée par le deuil, c'était choquant de l'entendre chanter à tue-tête ses horribles chansons de marin mais, tout affaibli qu'il était, nous avions encore terriblement peur du capitaine. Et ce d'autant plus que le docteur, qu'on avait appelé au chevet d'un malade à plusieurs miles de là, n'a pas reparu à la maison après la mort de mon père.

J'ai dit que le capitaine était faible et, de fait, il

semblait plutôt s'affaiblir que reprendre des forces. Il montait et descendait péniblement l'escalier, allait de la salle au bar et retour, pointait parfois son nez à la porte pour respirer l'air du large. Il se tenait au mur avec la main pour se déplacer et respirait fort, comme quelqu'un qui monte une côte raide. Il ne s'est jamais adressé à moi en particulier et je crois qu'il avait oublié ses confidences. Il était, toutefois, d'humeur encore plus belliqueuse et, malgré sa faiblesse physique, plus violente que jamais.

Il avait désormais une façon inquiétante, quand il était soûl, de tirer son sabre et de le poser, nu, sur la table. Malgré cela, il se souciait moins des autres et semblait absorbé dans ses pensées et plutôt absent. Une fois, par exemple, à notre grande surprise, il s'est mis à chanter un air galant qu'il devait avoir appris dans sa jeunesse, avant de prendre la mer.

Les choses se sont passées ainsi jusqu'au lendemain des funérailles où, vers les trois heures d'une après-midi froide et brumeuse, je me suis trouvé devant la porte un moment. J'étais plein de pensées tristes à propos de mon père quand j'ai vu quelqu'un qui approchait lentement sur la route. De toute évidence, c'était un aveugle car il frappait le sol devant lui avec un bâton et portait un large bandeau vert devant les yeux et le nez. Il était voûté, par l'âge ou la faiblesse de sa constitution, et portait un vieux caban rapiécé beaucoup trop grand, avec une capuche qui le faisait paraître bossu. De ma vie, je n'avais jamais vu pareille figure de cauchemar.

Il s'est arrêté non loin de l'auberge et, comme s'il se mettait à chanter, s'est adressé à l'air devant lui :

— Quelqu'un fera-t-il l'amitié à un pauvre aveugle qui a perdu ce bien précieux qu'est la vue en défendant son pays natal, l'Angleterre – Dieu protège le roi George ! – de lui dire où et dans quelle partie de ce pays il se trouve à présent ?

— Vous êtes à *L'Amiral Benbow*, brave homme, ai-je dit. Dans la baie de Black Hill.

— J'entends une voix, a-t-il repris, une voix jeune. Veux-tu bien me donner la main, mon jeune ami, et me conduire à l'intérieur ?

J'ai tendu la main. Cette horrible créature sans regard à la voix doucereuse l'a instantanément agrippée comme dans un étau. J'ai été tellement surpris que je me suis efforcé de la retirer mais l'aveugle m'a attiré tout près de lui en repliant le bras.

— Maintenant, mon garçon, conduis-moi au capitaine.

— Monsieur, ai-je répondu, ma parole, je n'ose pas !

— Oh ! a-t-il dit en ricanant. Tu me mènes tout droit à lui ou je te brise le bras.

Et, tout en parlant, il l'a tordu si fort que j'ai crié.

— Monsieur, ai-je dit, c'est pour vous, que je parlais. Le capitaine n'est plus ce qu'il était. Il s'assied avec son sabre dégainé. Un autre monsieur...

— Allez, marche ! m'a-t-il ordonné.

Je n'ai jamais entendu voix plus cruelle, plus froide et plus laide que celle de cet aveugle. Elle m'a impressionné plus que la douleur et j'ai obéi aussitôt. J'ai passé la porte et marché tout droit vers la salle où notre vieux boucanier était assis, assommé par le rhum. L'aveugle se cramponnait à moi, me tenant d'une main de fer et pesant sur moi à la limite de mes forces.

— Conduis-moi à lui et, dès qu'il pourra m'apercevoir, crie : « Voici un de tes amis, Bill ! » Sinon, je te fais ça !

Il m'a de nouveau tordu le bras, si fort que j'ai cru m'évanouir. De sorte que j'étais tellement terrifié par l'aveugle que j'en ai oublié ma peur du capitaine. J'ai ouvert la porte de la salle, et, d'une voix tremblante, j'ai crié les mots qu'on m'avait ordonné de dire.

Le pauvre capitaine a levé les yeux. En un clin d'œil, les effets du rhum se sont dissipés et il est resté pétrifié, et dégrisé. Son visage n'exprimait pas tant de la terreur qu'un malaise mortel. Il a fait mine de se mettre debout mais je ne pense pas qu'il en avait encore la force.

— Allons, Bill, reste assis où tu es. Je ne vois pas mais j'entends un petit doigt qui bouge. Les affaires, c'est les affaires. Toi, mon garçon, prends-lui le poignet gauche et approche sa main de ma main droite.

Nous avons obéi à la lettre tous les deux et j'ai vu quelque chose passer de la paume de la main avec laquelle il tenait son bâton dans celle du capitaine, qui s'est empressé de replier les doigts.

— Et maintenant que c'est fait... a dit l'aveugle.

À ces mots, il m'a lâché brusquement et, avec une précision et une agilité incroyable, il a quitté la salle pour regagner la route où, alors que j'étais resté sur place sans bouger, j'ai pu entendre le tip-tap de son bâton qui s'éloignait.

Il nous a fallu un moment, au capitaine et à moi, pour reprendre nos esprits mais finalement, presque au même moment, j'ai relâché son poignet, que je tenais toujours, et il a ouvert sa main et regardé anxieusement dans sa paume

— À dix heures ! s'est-il écrié. Encore six heures ! On les aura !

Et il s'est mis brusquement sur ses pieds.

En même temps, il a titubé, a porté une main à sa gorge, est resté un moment à se balancer puis, avec un bruit très particulier, il est tombé de toute sa hauteur, le visage contre le plancher.

Je me suis précipité en appelant ma mère. Mais toute hâte était inutile. Le capitaine avait été tué net par une crise foudroyante d'apoplexie. C'est une chose curieuse à comprendre car je ne l'avais jamais aimé même si, sur la fin, je m'étais mis à le plaindre, mais dès que j'ai vu qu'il était mort, j'ai fondu en larmes. C'était la seconde mort dans mon entourage et le chagrin que m'avait causé la première était encore frais.

4

Le coffre de marin

Sans plus tarder, j'ai raconté tout ce que je savais à ma mère. J'aurais probablement dû le lui dire plus tôt car nous sous sommes trouvés dans une situation difficile et même dangereuse. Une partie de l'argent de cet homme, s'il en avait, nous était due mais il était peu probable que les compagnons de notre capitaine, surtout les deux que j'avais vus, Black Dog et l'aveugle, seraient disposés à renoncer à leur butin pour payer les dettes du mort.

Obéir à l'ordre du capitaine de prendre un cheval pour aller prévenir le docteur m'aurait fait laisser ma mère seule et sans protection. Il ne fallait pas y penser. En même temps, il ne nous semblait possible à aucun des deux de rester longtemps dans la maison.

Un bruit de charbon roulant dans le foyer ou, même, le tic-tac de l'horloge nous remplissait de frayeur.

Quand nous prêtions l'oreille, les alentours nous semblaient pleins de bruits de pas qui approchaient. Entre le cadavre du capitaine allongé sur le plancher de la salle et l'idée que l'aveugle traînait quelque part pas loin, prêt à revenir, il y avait des moments où, comme on dit, mes poils se hérissaient de terreur. Il fallait vite décider quelque chose. Il nous est finalement venu à l'idée de sortir ensemble et de chercher du secours au hameau voisin. Sitôt dit, sitôt fait. Tête nue comme nous l'étions, nous sommes sortis en vitesse dans le brouillard glacial du crépuscule qui tombait.

Bien que situées hors de vue, les maisons n'étaient qu'à quelques centaines de pas, de l'autre côté de la baie. Ce qui m'a donné du courage, c'était qu'elles se trouvaient du côté opposé à celui d'où l'aveugle était venu et, très probablement, où il était reparti. Nous ne sommes restés que quelques minutes en chemin même si nous nous sommes arrêtés plusieurs fois pour nous prendre par la main et tendre l'oreille. Il n'y avait aucun bruit anormal – juste le clapotis de la houle qui déferlait et le croassement des pensionnaires du bois voisin.

C'était déjà l'heure d'allumer les chandelles quand nous sommes arrivés au hameau et je n'oublierai jamais quel réconfort ç'a été de voir des lueurs jaunes aux portes et aux fenêtres. Mais, comme la suite l'a montré, c'était là toute l'aide sur laquelle nous avons pu compter. En effet – vous êtes en droit de penser que les hommes auraient dû avoir honte – nous n'avons pas trouvé âme qui vive pour revenir avec nous à *L'Amiral Benbow*.

Plus nous avons parlé de nos ennuis, plus tous, hommes, femmes, enfants, se sont cramponnés à l'abri de leurs maisons. Le nom du capitaine Flint, s'il m'était inconnu, ne l'était pas de tout le monde, et il a paru provoquer son pesant de terreur. En plus, des hommes qui étaient allés aux champs de l'autre côté de *L'Amiral Benbow* se sont rappelé qu'ils avaient vu passer sur la route plusieurs étrangers qu'ils avaient pris pour des bandits et qu'ils avaient évités. Enfin, quelqu'un avait aperçu un petit lougre au mouillage à l'endroit que nous appelions Kitty Hole. Pour toutes ces raisons, le moindre camarade du capitaine était de taille à les terroriser à mort. Tant et si bien que si nous en avons trouvé plusieurs disposés à prévenir le docteur Livesey, qui habitait dans une autre direction, pas un n'a voulu nous aider à défendre l'auberge.

On dit que la couardise est contagieuse mais, d'un autre côté, la discussion renforce le courage. Quand tous ont fini de dire ce qu'ils avaient à dire, ma mère leur a fait un discours. Elle n'allait pas, leur a-t-elle dit, perdre un argent qui appartenait à son enfant désormais privé de père.

— Si aucun de vous n'a le courage, Jim et moi l'avons. Nous y retournons, comme nous sommes venus ! Et sans vous dire merci à vous autres, qui

41

êtes des hommes grands et costauds avec des cœurs de poules. J'ouvrirai le coffre même si je dois mourir ! Merci pour votre sac, madame Crowley, pour y rapporter cet argent qui nous appartient en toute légalité.

Bien sûr, j'ai dit que j'irais avec ma mère et, bien sûr, ils se sont tous désolés de notre inconscience mais, même alors, pas un homme ne s'est décidé à nous accompagner. Tout ce qu'ils ont fait a été de me donner un pistolet chargé, au cas où nous serions attaqués, et de nous promettre des chevaux sellés d'avance, au cas où nous serions poursuivis à notre retour. Entre-temps, un gars irait chez le docteur, chercher du secours armé.

Mon cœur battait sacrément quand nous sommes repartis tous les deux dans la nuit froide pour cette dangereuse aventure. La pleine lune était en train de se lever et diffusait sa lueur rougeâtre au-dessus du brouillard. Cela nous a incités à nous hâter car il était évident qu'avant notre retour, il ferait aussi clair qu'en plein jour et que notre départ ne passerait pas inaperçu, si on nous surveillait. Nous avons rasé les haies, sans faire aucun bruit, mais nous n'avons rien vu ni entendu qui aurait pu augmenter nos frayeurs, jusqu'à ce que la porte de *L'Amiral Benbow* se referme derrière nous.

J'ai immédiatement tiré le verrou et nous sommes restés un moment dans le noir, hors d'haleine, seuls dans la maison avec le cadavre du capitaine. Puis ma mère a pris une bougie dans le bar et, en nous tenant par la main, nous sommes allés jusque dans la salle.

Il gisait comme nous l'avions laissé, sur le dos, les yeux ouverts et les bras tendus.

— Tire le rideau, Jim, a murmuré ma mère. Ils pourraient arriver et nous voir de dehors.

Et comme je le faisais, elle a poursuivi :

— Maintenant, il nous faut prendre la clef sur ça ! Et qui va le toucher, je voudrais bien le savoir ?

Elle a eu une espèce de sanglot en prononçant ces derniers mots.

Aussitôt, je me suis mis à genoux. Sur le sol, près de sa main, il y avait un petit rond de papier, noirci d'un côté. Sans aucun doute, c'était la tache noire. Je l'ai prise. De l'autre côté, j'ai vu écrit, d'une petite écriture bien formée, ce bref message : « Tu as jusqu'à dix heures ce soir. »

— Ils lui avaient laissé jusqu'à dix heures, ai-je dit.

Juste alors, la pendule s'est mise à sonner. Ce bruit soudain nous a causé un choc terrible. Mais, en fait, c'était une bonne nouvelle : il était seulement six heures.

— À présent, Jim, a dit ma mère, cette clef !

J'ai fouillé ses poches l'une après l'autre. Quelques petites pièces de monnaie, un dé à coudre, un peu de fil, de grosses aiguilles, une chique de tabac dont le bout était coupé avec les dents, le grand couteau avec le manche courbe, une boussole de poche et

43

une boîte à amadou, voilà tout ce qu'elles contenaient. J'ai commencé à désespérer.

— Peut-être il l'a autour du cou, a suggéré ma mère.

Surmontant ma vive répugnance, j'ai déchiré le col de sa chemise et là, pendue à un morceau de ficelle imprégné de goudron que j'ai coupée avec son propre couteau, nous avons trouvé la clef. Ce succès nous a rendu l'espoir. Nous sommes montés sans attendre dans la petite chambre où il dormait depuis si longtemps et où son coffre était resté depuis le jour de son arrivée.

De l'extérieur, il ressemblait à n'importe quel autre coffre de marin, avec l'initiale « B » gravée au fer rouge sur le couvercle et des coins écornés et cassés par un long usage et peu de soins.

— Donne-moi la clef, a dit ma mère.

La serrure était dure mais elle a tourné la clef et soulevé le couvercle en un clin d'œil.

Une forte odeur de tabac et de goudron s'en est dégagée mais on ne voyait rien d'autre sur le dessus qu'un costume de bonne étoffe, soigneusement brossé et plié. Ma mère a dit qu'il n'avait jamais été porté.

En dessous, commençait le désordre – un quadrant, une timbale en étain, plusieurs chiques de tabac, deux paires de très jolis pistolets, un lingot d'argent, une vieille montre espagnole et quelques autres bibelots de faible valeur et de fabrication étrangère, un compas monté en argent et cinq ou six coquillages des Caraïbes de forme curieuse. Je me suis demandé, depuis, pourquoi il les avait traînés avec lui alors qu'il menait cette vie vagabonde de criminel en cavale.

Nous n'avions cependant rien trouvé qui ait de la valeur sauf le lingot d'argent et les bijoux qui n'étaient pas ce que nous cherchions. En dessous, il y avait une vieille capote de marin blanchie par le sel. Ma mère l'a ôtée. Sont apparues les deux dernières choses que contenait le coffre : un paquet enveloppé de toile cirée, apparemment des papiers, et un sac en toile qui, au toucher, a rendu le son tintant de l'or.

— Je montrerai à ces truands que je suis une femme honnête, a dit ma mère. Je prendrai notre dû et pas un sou de plus. Tiens le sac de Mme Crowley ouvert !

Et elle a commencé à compter les pièces en les faisant passer du sac de marin dans celui que je tenais.

C'était une tâche longue et malaisée car les pièces étaient de toutes les origines et de toutes les tailles – des doublons, des louis, des guinées, de pièces de huit et je ne sais quoi encore, toutes ensemble, en vrac. Les guinées étaient probablement les moins nombreuses et c'étaient pourtant les seules avec lesquelles ma mère savait comment faire ses calculs.

Nous en étions à peu près à la moitié quand, soudain, j'ai posé ma main sur son bras. Dans le silence de la nuit d'hiver je venais d'entendre un bruit qui

45

me glaçait le sang : le tip-tap du bâton de l'aveugle sur le sol gelé. Il s'est rapproché, rapproché, tandis que nous restions assis à retenir notre souffle.

Il a ensuite résonné contre la porte de l'auberge, puis nous avons entendu la poignée bouger et le verrou cliqueter, signe que ce misérable tentait d'entrer. Un long silence a suivi, dedans comme dehors. Finalement, le tip-tap a retenti de nouveau et, pour notre immense joie et notre soulagement, il s'est éloigné lentement avant de s'éteindre tout à fait.

— Mère ! ai-je dit, prenons tout et filons !

J'étais sûr, en effet, que le verrou tiré avait semblé suspect et que, bientôt, l'essaim de frelons tout entier reviendrait bourdonner à nos oreilles. Cela dit, personne n'aurait pu comprendre à quel point j'étais heureux de l'avoir tiré, à moins d'avoir déjà rencontré cet aveugle abominable.

Seulement, ma mère, tout effrayée qu'elle était, se refusait à prendre un sou de plus que notre dû et s'obstinait à ne pas vouloir se contenter de moins. Il n'était pas encore sept heures, disait-elle, loin de là. Elle connaissait ses droits et voulait les faire respecter. Et elle discutait encore avec moi quand un petit coup de sifflet a retenti, assez loin de là, en haut de la colline. C'en était assez, et plus qu'assez, pour tous les deux.

— Je prends ce que j'ai, a-t-elle dit en se relevant d'un coup.

— Et moi, ça, pour faire le compte ! ai-je dit en empoignant le paquet en toile ciré.

Un instant plus tard, nous descendions l'escalier dans le noir après avoir laissé la bougie près du coffre et, l'instant d'après, nous avions ouvert la porte et nous battions en retraite. Il était plus que temps de partir. Le brouillard se dispersait rapidement. Déjà la lune brillait abondamment sur les hauteurs voisines. Il n'y avait plus qu'au fond du vallon et autour de l'auberge que persistait un léger voile de brume capable de cacher les premiers pas de notre fuite. Mais avant d'être à mi-chemin du hameau, au bas de la côte, en fait, il nous faudrait affronter le clair de lune. Et pas seulement lui car le bruit de pas de plusieurs personnes qui couraient nous est arrivé aux oreilles. Dans la direction d'où il venait, une petite lueur secouée à droite et à gauche et qui avançait rapidement nous a fait comprendre qu'un des nouveaux arrivants portait une lanterne.

— Mon chéri, a dit brusquement ma mère, prends l'argent et sauve-toi ! Moi, je vais m'évanouir !

À coup sûr, ai-je alors pensé, c'est la fin, pour tous les deux. Ah ! que j'ai maudit la lâcheté de nos voisins ! Et blâmé l'honnêteté et l'âpreté au gain de ma malheureuse mère, en même temps que son inconscience et sa faiblesse soudaine !

Par chance, nous étions arrivés au petit pont. Je l'ai aidée à atteindre, toute chancelante qu'elle était, le bord du fossé. Une fois là, elle a soupiré avant de s'écrouler sur mon dos. Je ne sais pas où j'ai trouvé la force de le faire et, j'en ai peur, je l'ai fait plutôt brutalement, mais je suis parvenu à la traîner au fond du fossé et à la cacher en partie sous l'arche. Je n'ai pas pu la tirer plus loin car le pont était trop bas pour me permettre de faire autre chose que de me faufiler dessous en rampant.

Il nous fallait rester ainsi, ma mère presque entièrement visible et, tous deux, à portée de voix de l'auberge.

5

La fin de l'aveugle

Dans un sens, ma curiosité a été plus forte que ma peur. Je n'ai pas pu rester où j'étais : je suis remonté jusqu'en haut du fossé et là, la tête cachée dans un buisson, j'ai pu distinguer la route jusqu'à notre porte. J'ai eu juste le temps de me mettre en position avant que nos ennemis n'arrivent, à sept ou huit, en courant. Leurs pas résonnaient en désordre sur la route. Le porteur de la lanterne venait un peu en avant des autres. Trois d'entre eux trottaient de front, main dans la main. Malgré la brume, j'ai pu deviner que celui du milieu n'était autre que l'aveugle. Un instant plus tard, sa voix m'a prouvé que j'avais vu juste.

— Enfoncez la porte ! a-t-il crié.

— Oui, m'sieur ! ont répondu deux ou trois hommes.

Ils sont partis à l'assaut de *L'Amiral Benbow*, suivis du porteur de la lanterne. Puis je les ai vus s'arrêter. Ils se sont mis à parler à voix plus basse, comme s'ils étaient étonnés de trouver la porte ouverte. La pause a été courte, cependant, car l'aveugle a répété ses ordres. Sa voix s'était faite plus aiguë et plus forte, comme s'il brûlait d'impatience et de colère.

— Dedans ! Dedans ! a-t-il crié tout en maudissant leur lenteur.

Quatre ou cinq hommes ont obéi sur-le-champ tandis que deux demeuraient sur la route avec l'effroyable aveugle. Il y a eu un silence puis un cri de surprise et une voix a crié depuis l'intérieur :

— Bill est mort !

De nouveau, l'aveugle a maudit leur lenteur.

— Fouillez-le ! Un seul de votre bande de feignants ! Les autres montent chercher le coffre ! a-t-il crié.

J'ai pu entendre leurs pas faire trembler notre vieil escalier au point que toute la maison en était secouée. Peu après, de nouveaux cris de surprise ont éclaté. La fenêtre de la chambre du capitaine s'est ouverte avec un grand bruit de verre brisé. Dans le clair de lune, sont apparus la tête et le torse d'un homme qui s'est penché pour parler à l'aveugle sur la route, au-dessous de lui.

— Pew, a-t-il dit, on nous a devancés ! Quelqu'un a mis le coffre sens dessus dessous !

— C'est là ? a rugi Pew.

— L'argent est là !

L'aveugle a voué l'argent au diable.

— Le paquet de Flint, je veux dire ! a-t-il crié.

— On le voit pas. L'est pas ici ! a répondu l'homme.

— Hé ! toi là, en-bas, il est sur Bill ? a encore crié l'aveugle.

Un autre homme, probablement celui qui était resté dans la salle pour fouiller le cadavre du capitaine, a paru sur le seuil de l'auberge.

— Bill a déjà été fouillé, a-t-il dit. Il reste rien sur lui.

— C'est les gens de l'auberge ! C'est le garçon ! Je regrette de pas lui avoir arraché les yeux ! a hurlé l'aveugle. Ils étaient là y a encore un instant ! Ils avaient verrouillé la porte quand j'ai essayé d'ouvrir. Dispersez-vous, les gars, et trouvez-les !

— C'est eux, c'est sûr ! Ils ont même laissé leur bougie ! a dit l'homme à la fenêtre.

— Dispersez-vous et trouvez-les ! a répété Pew en frappant le sol de son bâton. Fouillez la maison !

A suivi un grand remue-ménage dans notre vieille auberge, des bruits de pas lourds dans tous les sens, des meubles qu'on renversait, des portes qui claquaient, jusqu'à ce que l'écho lui-même se taise et que les hommes sortent sur la route en disant que nous n'étions nulle part à l'intérieur. Juste alors, le sifflet qui nous avait mis en alerte ma mère et moi alors que nous comptions l'or du capitaine a retenti

51

de nouveau, encore plus net dans la nuit claire mais cette fois suivi d'un second coup. J'avais cru qu'il s'agissait, pour ainsi dire, de la trompette d'assaut de l'aveugle, pour lancer ses troupes. J'ai compris que c'était en fait un signal émis depuis la colline, du côté du hameau. Et à l'effet qu'il a produit sur les boucaniers, j'ai su qu'il les prévenait de l'approche d'un danger.

— C'est de nouveau Dirk ! a dit l'un d'eux. Deux fois ! Faut qu'on bouge de là, les potes !

— Tu veux bouger, bougre de trouillard ? a crié Pew. Dirk a toujours été un abruti doublé d'un poltron ! N'y faites pas attention ! Ils sont tout près ! Ils peuvent pas être partis bien loin ! Vous avez presque la main dessus ! Dispersez-vous et cherchez-les, bande de chiens ! Ah misère de moi ! si seulement j'avais mes yeux !

Cette harangue a semblé produire un peu d'effet car deux des hommes ont commencé à regarder ici et là autour d'eux, mais sans enthousiasme, m'a-t-il semblé, et en gardant l'œil sur un possible danger. Le reste de la troupe est resté sur la route, à hésiter.

— Vous avez des millions à portée de main, bande de branques, et vous vous délassez les jambes ! Vous seriez riches comme des rois si vous le trouviez, vous savez que c'est là et vous restez à flemmarder ! Pas un parmi vous a eu le cran d'affronter Bill – je l'ai fait, moi, un aveugle ! Et je vais manquer ma chance à cause de vous ! Je vais rester à me traîner comme un pauvre mendiant alors que je pourrais rouler carrosse ! Si vous aviez le courage d'un asticot dans un biscuit, vous les auriez déjà rattrapés.

— Ferme ça, Pew ! a grogné un des hommes. On a déjà les doublons !

— Ils ont très bien pu le cacher, ton maudit machin ! a dit un autre. Prends les george d'or, Pew, et reste pas là à brailler !

Brailler était bien le mot. Ces objections ont tellement mis Pew en colère qu'à la fin, sa fureur a pris le dessus et qu'il s'est mis à les frapper à l'aveuglette avec son bâton. Il en a cogné rudement plus d'un.

Eux, en retour, ont maudit ce mécréant d'aveugle et l'ont menacé des pires représailles tout en essayant, sans succès, de se saisir de son bâton pour le lui arracher des mains.

Cette querelle a été notre salut. Elle battait encore son plein quand un autre bruit est arrivé du sommet de la colline, du côté du hameau – celui de chevaux au galop. En même temps, il y a eu un coup de pistolet – l'éclair et la détonation – quelque part vers la haie. C'était le signal de danger le plus sérieux car les boucaniers ont aussitôt tourné les talons pour s'enfuir. Ils sont partis dans tous les sens, un vers la mer, un sur la pente de la colline, et ainsi de suite. En moins d'une demi-minute il n'est resté aucune trace d'eux, exception faite de Pew.

Lui, ils l'ont abandonné – du fait de la panique ou pour se venger de ses injures et de ses coups, je ne sais pas. Il est resté le dernier, à frapper la route de son bâton avec frénésie, à tâtonner d'un côté à l'autre et à appeler ses camarades. Finalement, il est parti dans le mauvais sens. Il m'a dépassé de quelques pas, en prenant la direction du hameau. Il criait :

— Johnny ! Black Dog ! Dirk ! Vous allez pas abandonner le vieux Pew, les gars ! Pas le vieux Pew !

Juste au même moment, le bruit des chevaux a dépassé le sommet de la montée. Quatre ou cinq cavaliers sont apparus au clair de lune et se sont lancés dans la pente au grand galop. Pew a compris son erreur. Il a fait demi-tour en poussant un cri de terreur et s'est précipité vers le fossé où il est tombé. Il était de nouveau sur ses pieds une seconde plus tard, complètement désorienté, s'est jeté contre le cheval qui arrivait en premier.

Le cavalier a essayé de l'éviter. En vain ! Avec un cri aigu qui a transpercé la nuit, Pew a perdu l'équilibre. Les quatre sabots du cheval l'ont piétiné et écrasé au passage. Il est tombé sur le côté, son visage s'est posé doucement sur le sol. Et il n'a plus bougé.

J'ai bondi sur mes pieds et j'ai appelé les cavaliers. De toute façon, ils s'arrêtaient, horrifiés par l'accident. J'ai vu alors à qui j'avais affaire. L'un d'eux, qui traînait derrière les autres, était le gars qui était allé prévenir le docteur Livesey. Les autres étaient des douaniers qu'il avait rencontrés en chemin et avec qui il avait eu l'intelligence de revenir tout de suite. La nouvelle qu'un lougre mouillait à Kitty Hole était parvenue aux oreilles du superviseur Dance et l'avait poussé à aller faire un tour de ce côté-là. C'est à ce hasard que ma mère et moi avons dû d'avoir la vie sauve.

Pew était mort, raide mort. Quant à ma mère, une fois transportée au hameau, un peu d'eau froide et des sels à respirer l'ont bientôt fait revenir à elle. Elle s'est vite remise de sa terreur mais elle a continué de regretter de ne pas avoir pu récupérer son dû en entier.

Entre-temps, le superviseur s'est rendu à Kitty Hole aussi vite qu'il l'a pu. Seulement ses hommes ont dû mettre pied à terre et descendre dans la ravine à tâtons, en menant les chevaux à la bride et dans la crainte permanente de tomber dans une embuscade. Aussi, et cela n'a eu rien d'étonnant, au moment où ils sont arrivés en bas, dans la crique, le lougre avait mis à la voile quand bien même il était encore tout près du bord. Le douanier l'a hélé. Une voix lui a répondu de se tenir dans l'ombre sans quoi il se ferait cribler de plomb et, en même temps, une balle a sifflé tout près de son bras. Juste après, le lougre a doublé le cap et disparu.

M. Dance en est resté « comme un poisson hors de l'eau » – ce sont ses propres mots. Tout ce qu'il a pu faire a été d'envoyer un homme prévenir les gardes-côtes.

— Ça ne servira sûrement à rien, a-t-il expliqué. Ils s'en sont tirés, point final. La seule chose, c'est que je suis bien content d'avoir contrarié maître Pew.

Dans l'intervalle, il avait entendu mon histoire.

Je suis retourné à *L'Amiral Benbow* avec lui. Vous n'imaginez pas à quel point la maison avait été dévastée. Jusqu'à l'horloge elle-même que les gaillards avaient renversée en nous cherchant furieusement, ma mère et moi ! Et même si rien n'avait été emporté à part le sac de pièces du capitaine et un peu de monnaie dans la caisse, j'ai tout de suite pu voir que nous étions ruinés. M. Dance ne parvenait pas à comprendre.

— Tu dis qu'ils ont pris l'argent ? Alors, Hawkins, après quoi diantre étaient-ils donc ? Encore plus d'argent, j'imagine !

— Non, monsieur, ai-je répondu, je ne pense pas que c'était de l'argent. En fait, je crois que j'ai ce qu'ils voulaient dans ma poche. Et pour vous dire la vérité, j'aimerais bien le mettre en sûreté.

— Tu as parfaitement raison, mon garçon. Je m'en charge si tu veux !

— J'ai pensé que, peut-être, le docteur Livesey..., ai-je commencé.

— Tout à fait, m'a-t-il interrompu d'un ton joyeux, tout à fait ! C'est un gentleman et il est magistrat ! Et maintenant que j'y pense, je pourrais aller chez lui moi aussi, histoire de faire mon rapport, à lui ou au chevalier. La mort de Pew et le reste. Pas que je regrette, mais il est mort, vois-tu, et les gens pourraient en profiter pour critiquer les douaniers de Sa Majesté si on leur laissait l'occasion. Aussi, Hawkins, je te le propose : si tu veux, je t'emmène !

J'ai accepté son offre en le remerciant de tout cœur. Nous sommes revenus au hameau où étaient les chevaux. Le temps de dire à ma mère où j'allais et ils étaient tous en selle.

— Dogger, a dit M. Dance, tu as un bon cheval. Prends ce garçon derrière toi.

Dès que j'ai été en selle, bien cramponné à la ceinture de Dogger, le superviseur a donné le signal du départ et nous sommes partis au trot sur la route vers le domicile du docteur Livesey.

6

Les papiers du capitaine

Nous avons fait la route à grande allure jusqu'à la porte du docteur Livesey. Toute la maison était dans le noir. M. Dance m'a demandé d'aller frapper. Dogger m'a aidé à descendre de cheval en me tendant un étrier. La servante a presque aussitôt ouvert la porte.

— Le docteur Livesey est chez lui ? ai-je demandé.

— Non, a-t-elle répondu. Il est rentré dans l'après-midi mais il est allé au château pour dîner avec le chevalier et passer la soirée avec lui.

— Alors, allons-y, les gars ! a dit M. Dance.

Cette fois, comme la distance était courte, je ne suis pas remonté sur le cheval. J'ai couru en me tenant à la courroie de l'étrier de Dogger jusqu'à la grille du château puis tout le long de l'allée dont la lune éclairait les arbres sans feuilles. Au bout, se dressait la ligne blanche du bâtiment qui donnait, de chaque côté, sur de grands jardins anciens. M. Dance a mis pied à terre et, sur un mot de sa part, on nous a laissés entrer, lui et moi.

Le valet nous a conduits le long d'un couloir dont le sol était couvert d'un tapis et qui menait à la bibliothèque. Elle était vaste et tapissée d'étagères de livres que surmontaient des bustes. Le chevalier et le docteur Livesey étaient assis, pipe à la main, de part et d'autre d'un bon feu.

Je n'avais jamais vu le chevalier d'aussi près. C'était un homme grand, plus de six pieds, et large en proportion dont le visage franc et un peu fruste était rouge et ridé – la marque de ses voyages au loin. Ses sourcils étaient très noirs et très mobiles, ce qui dénotait un caractère pas mauvais mais, disons, vif et hautain.

— Entrez, monsieur Dance, a-t-il dit, d'un ton majestueux et un rien condescendant.

— Bonsoir, Dance, a dit le docteur avec un signe de tête. Et bonsoir à toi, l'ami Jim. Quel bon vent vous amène ?

Raide comme un piquet, le superviseur a débité son histoire comme on récite une leçon. Et vous auriez dû voir comme les deux messieurs se penchaient en avant, se regardaient et en oubliaient de fumer la pipe tant ils étaient surpris et intéressés.

Quand ils ont entendu comment ma mère est retournée à l'auberge, le docteur Livesey s'est donné une grande claque sur la cuisse. Le chevalier, lui, a crié « bravo ! » et a brisé sa pipe en la tapant contre la grille du foyer.

Bien avant la fin du récit, M. Trelawney (c'était, vous vous en souviendrez, le nom du chevalier) s'est levé de son siège et s'est mis à faire les cent pas. De son côté, le docteur, comme pour mieux entendre, a ôté sa perruque poudrée – et il avait une drôle d'allure avec ses cheveux bruns coupés très courts.

Enfin, M. Dance est arrivé au bout de l'histoire.

— Monsieur Dance, a dit le chevalier, vous êtes un bien brave homme ! Et pour ce qui est d'avoir piétiné ce sale, cet atroce mécréant, je considère que c'est une bonne action, comme d'avoir écrasé un cafard. Et ce garçon-là, Hawkins, est un brave, à ce que je comprends. Hawkins, voulez-vous sonner ? M. Dance doit prendre un peu de bière.

— Ainsi, Jim, a dit le docteur, tu as ce qu'ils cherchaient, n'est-ce pas ?

— Voici, monsieur, ai-je dit.

Et je lui ai remis le paquet enveloppé de toile cirée.

Le docteur l'a examiné de tous les côtés comme si ses doigts le démangeaient de l'ouvrir. Au lieu de le faire, cependant, il l'a tranquillement mis dans la poche de sa veste.

— Chevalier, a-t-il dit, quand Dance aura eu sa bière, il devra, évidemment, aller reprendre son service. Mais je voudrais garder Jim Hawkins, qui dormira chez moi, et je propose que nous lui fassions rapporter le pâté froid, pour qu'il puisse souper.

— Comme vous voudrez, Livesey, a répondu le chevalier. Hawkins a mérité mieux que du pâté froid !

Si bien qu'on m'a apporté un gros pigeon qu'on a posé sur une petite table. J'ai soupé de bon cœur car j'avais une faim de loup. Pendant ce temps, M. Dance a pris congé après avoir reçu de nouveaux compliments.

— Et maintenant, chevalier, a dit le docteur.

— Et maintenant, Livesey, a dit le chevalier juste en même temps.

— Un seul à la fois, a dit le docteur Livesey en riant. Vous avez entendu parler de ce Flint, je présume.

— Entendu parler de lui ! s'est écrié le chevalier. Vous le demandez ? Ce fut le pirate le plus sanguinaire de tous ! À côté, Barbe Noire était un enfant de chœur ! Les Espagnols en avaient tellement peur que j'ai parfois été fier qu'il soit anglais. J'ai vu sa grand-voile de mes propres yeux, au large de Trinidad, et ce couard de fils d'éponge à punch avec lequel je naviguais a fait demi-tour ! Demi-tour pour se réfugier à Port d'Espagne !

— J'en ai entendu parler aussi en Angleterre, a dit le docteur. Mais la question est : avait-il de l'argent ?

— De l'argent, s'est écrié le chevalier. Mais n'avez-vous pas entendu toute l'histoire ? Que cherchaient ces ruffians à part de l'argent ? Qu'est-ce qui les intéresse sinon l'argent ? Et pourquoi risque-raient-ils leurs carcasses de vauriens si ce n'était pas pour de l'argent ?

— Nous le saurons vite, a répondu le docteur. Mais vous êtes si enthousiaste et si exclamatif que je n'arrive pas à placer un mot. Je voudrais savoir... À supposer que j'aie dans la poche un indice sur l'endroit où Flint a caché son trésor, celui-ci se mon-terait-il à gros ?

— Se monterait à gros ? s'écria le chevalier. Il se monterait à ceci : si nous avons l'indice dont vous parlez, j'armerai un bateau dans le port de Bristol, je vous emmènerai ainsi que Hawkins et je trouverai ce trésor dussé-je le chercher toute une année !

— Très bien, a dit le docteur. À présent, si Jim est d'accord, nous allons ouvrir le paquet.

Et il l'a posé devant lui sur la table.

La toile était cousue et le docteur a dû sortir sa trousse médicale pour couper les fils avec les ciseaux. Le paquet contenait deux choses : un cahier et un rouleau de papier scellé.

— D'abord, voyons le cahier, a proposé le doc-teur.

Le chevalier et moi-même regardions par-dessus son épaule quand il l'a ouvert. Le docteur m'avait en effet gentiment invité à quitter la petite table où j'avais dîné pour venir partager le plaisir des inves-tigations. Sur la première page, il n'y avait que des bribes de phrases, comme quelqu'un qui tient un crayon peut en écrire sous le coup du désœuvrement ou pour s'exercer. L'un rappelait le tatouage : « Billy Bones son chéri ». Il y avait aussi « M. W. Bones, second », « Plus de rhum », « Au large de Palm Key il l'a u » ainsi que d'autres gribouillis, souvent des mots seuls, incompréhensibles. Je n'ai pas pu m'empêcher de me demander qui c'était qui « l'avait u » et ce qu'il avait bien pu avoir. Un couteau planté dans le dos, très vraisemblablement.

— Pas très instructif tout cela, a dit le docteur Livesey en poursuivant.

Les dix ou douze pages suivantes étaient occupées par une curieuse série d'écritures. Il y avait une date à un bout de la ligne et une somme à l'autre bout, comme dans les livres de comptes ordinaires. Seulement, à la place des explications on voyait un nombre variable de croix entre les deux. Le 12 juin 1745, par exemple, une somme de soixante-dix livres revenait clairement à quelqu'un mais il y avait seulement six croix pour en expliquer la raison. Dans certains cas, par sûreté, le nom d'un lieu avait été ajouté, comme « au larje de Caracas » ou encore une simple indication de longitude et de latitude, par exemple « 62 17'20, 19 2'40 ».

Ces écritures s'étendaient sur près de vingt ans. Les montants augmentaient à mesure que le temps avançait et, à la fin, on avait inscrit le total général, calculé après cinq ou six additions erronées. Ces mots étaient ajoutés à côté : « Bones, sa pile ».

— Je n'y trouve ni queue ni tête ! a dit le docteur.

— La chose est claire comme le jour ! a crié le chevalier. C'est le livre de comptes de ce chien à l'âme noire. Les croix remplacent les noms des bateaux ou les villes qu'ils ont coulés ou pillées. Les sommes représentent la part du scélérat. Quand il a craint une confusion, il a précisé. « Au large de Caracas », là, signifie qu'un navire malchanceux a été abordé près de cette côte. Dieu garde les malheureux qui formaient son équipage – transformés en corail, depuis longtemps !

— Très juste, a dit le docteur. Ce que c'est que d'avoir navigué ! Les montants augmentent à mesure qu'il a pris du galon.

Il n'y avait pas grand-chose d'autre dans le cahier si ce n'est quelques indications de lieux notées sur des pages blanches, vers la fin, ainsi qu'une table permettant d'établir la valeur des différentes pièces françaises, anglaises et espagnoles.

— Un homme économe, s'est exclamé le docteur. Il n'était pas du genre à se laisser rouler.

— Et maintenant, a dit le chevalier, à l'autre !

Le papier avait été scellé à divers endroits à l'aide d'un dé à coudre qui avait fait office de sceau, peut-être celui que j'avais trouvé dans les poches du capitaine. Le docteur a brisé les sceaux avec soin et il est apparu la carte d'une île, avec la longitude et la latitude, la hauteur des fonds, les noms des collines, des baies et des criques, et tous les détails nécessaires pour amener un navire à s'ancrer en sécurité sur ses côtes. Elle avait à peu près neuf miles[1] de long sur cinq de large et, pour la forme, on aurait dit un gros dragon debout. Elle avait deux bons ports abrités par des terres et une colline, au milieu, marquée : « La Longue-vue ».

Plusieurs ajouts avaient été faits ensuite, notamment trois croix à l'encre rouge – deux dans la partie nord de l'île et une au sud. Sous cette dernière, toujours à l'encre rouge et d'une petite écriture nette bien différente de celle, tremblée, du capitaine, se lisaient ces mots : le gros du trésor ici.

Au verso, la même main avait noté ces informations supplémentaires :

Grand arbre, replat de la Longue-vue, faire le point au N de N.N.E.
Îlot du Squelette, E.S.E. et par E.
Dix pieds

L'argent en lingots est dans la cache nord. On la trouve facilement dans la direction du monticule Est, à dix brasses[2] au sud du rocher noir, en le regardant. Les armes sont faciles à trouver, à la dune, pointe nord du cap de la crique nord, en faisant le point E. et un quart N.

J.F.

---

1. Un mile mesure 1609 mètres, si bien que 9 miles équivalent à 14,5 km et 5 miles à 8 km.
2. Mesure utilisée par les marins équivalant à 1,83 m.

C'était tout. Bref comme c'était, et pour moi, incompréhensible, cela a enchanté le chevalier et le docteur.

— Livesey, s'est écrié le chevalier, vous allez abandonner votre misérable clientèle sur-le-champ. Je pars pour Bristol demain. Dans trois semaines – trois semaines ? Dans deux semaines... Dans dix jours, nous avons le meilleur bateau et l'équipage le plus distingué d'Angleterre. Hawkins vient comme mousse. Vous ferez un fameux mousse, Hawkins ! Vous, Livesey, médecin du bord. Moi, amiral ! Nous prenons Redruth, Joyce et Hunter. Les vents sont favorables, la traversée est une formalité ! Aucune difficulté pour trouver l'endroit et à nous assez d'argent pour le manger, s'y rouler et le jeter par les fenêtres le restant de notre vie.

— Trelawney, a dit le docteur, j'irai avec vous. Vous avez mon soutien et celui de Jim, aussi, pour donner crédit à l'entreprise. Mais un homme me fait peur.

— Qui est-ce ? a crié le chevalier. Dites un peu le nom de cette canaille !

— C'est vous, a répondu le docteur. Parce que vous ne savez pas tenir votre langue. Nous ne sommes pas les seuls à connaître l'existence de ce document. Les hommes qui ont attaqué l'auberge ce soir, des gaillards prêts à tout, leurs complices qui sont restés à bord du lougre et les autres, il y en a, j'en suis sûr, pas très loin, tous sont décidés à s'emparer du trésor coûte que coûte. Aussi, aucun de nous ne devra rester seul tant que nous ne serons pas en mer. Jim et moi demeurerons ensemble en attendant. Vous, vous prendrez Joyce et Hunter avec vous à Bristol. Et surtout, à partir de maintenant, plus un mot à quiconque de notre découverte !

— Livesey, a répondu le chevalier, vous êtes toujours dans le vrai ! Je serai silencieux comme une tombe.

DEUXIÈME PARTIE

Le coq

7

Jim va à Bristol

En réalité, il faudra beaucoup plus de temps que prévu pour que le chevalier, le docteur Livesey et Jim soient prêts à prendre la mer.

Le docteur doit se rendre à Londres pour y trouver un remplaçant. Il laisse Jim seul, sous la protection du vieux Redruth, le garde-chasse. Le garçon trouve le temps long même s'il remplit ses journées de rêves de mer et d'aventure. Assis près du feu, dans la maison du garde, il passe des heures à se représenter la carte et à débarquer sur l'île, une fois d'un côté, une fois d'un autre. Mille fois, il escalade en imagination la colline de Longue-vue pour inspecter les alentours. Tantôt il découvre que l'île est infestée de sauvages terriblement belliqueux, tantôt qu'elle est peuplée d'animaux féroces. Jamais, pourtant, il n'imaginera des événements aussi dramatiques que le seront bientôt ses aventures réelles.

Les semaines passent ainsi jusqu'à ce qu'enfin arrive une lettre du chevalier. Elle annonce que le bateau est acheté et équipé. Il s'agit d'une goélette[1] de deux cents tonneaux[2] : l'*Hispaniola*. L'équipage est au complet même si le réunir s'est révélé beaucoup moins simple que M. Trelawney l'avait imaginé.

Apparemment il y est parvenu grâce à un cuisinier providentiel, un certain Long John Silver, qui a proposé des matelots de sa connaissance. Le chevalier ne tarit pas d'éloges à son propos. Un homme brave et honnête, explique-t-il, qui a perdu une jambe au service du roi.

La lettre révèle aussi – ce qui fait grimacer Jim – que comme c'était à craindre, le chevalier a beaucoup parlé. Il a même révélé le but de l'expédition : le trésor. À coup sûr, le docteur n'appréciera pas. Mais qu'y faire ?

Une dernière nuit passée à *L'Amiral Benbow* que le chevalier a réinstallée à neuf, et Jim laisse sa mère avec le petit commis qui fera le service à sa place. La malle-poste l'emporte dans la nuit. En route pour l'aventure !

---

1. Bateau à deux mâts (mât de misaine et grand mât) équipé de voiles triangulaires.
2. Unité servant à mesurer le volume des bateaux. Un tonneau équivaut à 2,83 m^3.

Quand Jim, qui a dormi comme un loir, rouvre les yeux, la voiture est arrêtée en ville. Il fait grand jour. Un peu plus loin se dresse une forêt de mâts. Partout des marins déambulent, travaillent, chantent. L'air sent fort le goudron et le sel. Bristol !

À l'auberge, Jim frappe à la porte de M. Trelawney. C'est le docteur Livesey qui lui ouvre.

— Je suis arrivé de Londres ce matin, explique-t-il.

— Ce qui fait qu'avec vous, Hawkins, l'équipage est enfin au grand complet, lance joyeusement le chevalier. Et que nous partons demain !

8

À l'enseigne de *La Longue-vue*

Sitôt pris son petit-déjeuner, voici Jim sur les quais
et les docks de Bristol qu'il arpente avec délectation.
Le chevalier l'a envoyé porter un message à Long
John Silver et, chemin faisant, il ne perd pas une
miette du fabuleux spectacle qu'offre ce déballage
de marins et de marchandises venus de toutes les
parties du Monde.

C'est à la taverne de *La Longue-vue*, un repaire de
loups de mer, qu'il fait la connaissance du coq. Long
John Silver est un homme très grand et très robuste,
avec un visage aussi gros qu'un jambon, pâle et banal
mais intelligent et souriant. Malgré l'absence de sa
jambe gauche coupée à la hanche, il se déplace au
milieu des clients avec une aisance confondante.

L'accueil chaleureux que Jim reçoit dissipe vite les doutes qu'il a conçus quand il a entendu parler d'un marin unijambiste. Un personnage aussi souriant et sympathique ne pourrait en aucun cas être le terrible pirate que le capitaine redoutait tant.

Survient un incident qui manque raviver les craintes du garçon : parmi les marins attablés, il reconnaît brusquement... Black Dog ! Lequel, dès qu'il aperçoit Jim, prend la poudre d'escampette. N'y aurait-il pas, tout de même, quelque chose de suspect ?

Non car ni Long John ni aucun des habitués – ils le jurent la main sur le cœur ! – n'ont vu ce peu reluisant personnage auparavant. Jamais, au grand jamais ! Il n'en faut pas plus pour rendormir la méfiance de Jim.

D'autant que, chemin faisant jusqu'à l'auberge, le marin unijambiste se révèle comme le plus captivant des compagnons. Il sait tout de la mer. Ils ne passent pas devant un bateau, grand ou petit, sans qu'il explique de quel type il est, ce qu'il embarque comme voiles, d'où il vient, ce qu'il transporte. Sans oublier les mille et une histoires et anecdotes qu'il a à raconter...

Quand ils rejoignent le chevalier, Jim est conquis. Et il faut peu de temps à Silver pour séduire aussi le docteur.

— Ce garçon-là me convient tout à fait, déclare-t-il une fois le coq reparti avec la consigne d'être à bord à quatre heures tapantes, l'après-midi même, avec le reste de l'équipage.

— Un gaillard épatant ! conclut le chevalier. Et maintenant, docteur, et vous, aussi, Hawkins, prenez vos chapeaux et allons voir le navire !

9

La poudre et les armes

C'est M. Arrow le second, un vieux marin brun avec une boucle d'oreille, qui les accueille à bord de l'*Hispaniola*, avant que le capitaine Smollett ne vienne annoncer que rien ne lui convient à bord :

— Je n'aime ni le voyage, ni l'équipage, ni mon second !

Le propos met le chevalier hors de lui mais le docteur, plus patient, obtient de Smollett qu'il s'explique. Tout le monde, dit-il, y compris le perroquet de Silver, sait tout sur le but du voyage. Or il aurait fallu, étant donné ce qu'il est, le garder secret.

Soutenu par le docteur, qui devine que le chevalier a trop bavardé, le capitaine propose plusieurs solutions pour renforcer la sécurité à bord, puisqu'il n'est plus question d'annuler l'expédition. Il suggère que la poudre et les armes soient transférées à l'arrière, sous la cabine. Il demande aussi que quatre des couchettes aménagées à l'arrière soient occupées, comme prévu, par M. Trelawney, le docteur, Hunter et Joyce, les serviteurs du chevalier, et que les deux dernières aillent à Redruth et à Jim. Lui-même et, Arrow, le second, à qui elles devaient revenir, vont loger sur le pont, dans le capot.

— Vous voulez transformer l'arrière en arsenal. Craignez-vous une mutinerie ? demande le docteur.

— Pas un capitaine n'aurait le droit de mettre à la voile s'il croyait une telle chose. Je préfère prendre des précautions, voilà tout. Pour tout vous dire, je venais présenter ma démission au chevalier. Mais comme je vois qu'il est accompagné d'un homme raisonnable...

Aussitôt, l'équipage se met au travail pour transférer la poudre et les armes. Ce à quoi il est encore occupé quand arrivent les derniers matelots et, avec eux, Long John, qui demande :

— Eh bien ! les gars ? Que se passe-t-il ?

— Il y a qu'on change la poudre de place, répond l'un des hommes. Ordre du capitaine !

— À ce compte-là, on va rater la marée !

Mais le capitaine Smollett n'est pas partisan des longues causettes. Il interpelle le cuisinier :

— Feriez mieux de descendre, les hommes vont vouloir leur souper tout à l'heure !

— Bien, monsieur ! réplique Long John avant de disparaître vers les cuisines.

Puis à Jim, qu'il surprend à rêvasser :

— Eh là, toi, le mousse, lance-t-il, file à la cuisine aider le coq ! Pas de favoritisme sur mon navire !

Dès cet instant, le camp des ennemis du capitaine compte un nouveau membre.

10

Le voyage

Toute la nuit nous avons été en grande effervescence, à mettre tout en place et à avoir un plein
bateau d'amis du chevalier, M. Blandly et les autres,
qui sont venus nous souhaiter un bon voyage et un
heureux retour. Il n'y a pas eu une seule nuit à
L'Amiral Benbow où j'ai eu moitié autant de travail.
J'étais sur les rotules quand, un peu avant l'aube, le
maître d'équipage a sifflé la manœuvre pour mettre
les matelots aux barres du cabestan. J'aurais pu être
deux fois plus fatigué que je n'aurais pas quitté le
pont tant tout était nouveau et plein d'intérêt à mes
yeux – les ordres brefs, les notes aiguës du sifflet,
les hommes s'activant chacun à sa place dans le
demi-jour des lanternes.

— Et maintenant, Barbecue, chante-nous-en une !
a crié une voix.

— La vieille rengaine ! a crié une autre voix.

— D'accord, les gars, a dit Long John qui se
tenait là, sa béquille calée sous le bras et qui, aussitôt,
a entonné l'air et les paroles que je connaissais si
bien :

— À quinze sur le coffre du mort –
Là, tout l'équipage a repris en chœur :
— Yo ho ho ! Et une bouteill'de rhum !

Et au troisième « ho », les hommes ont fait un
effort pour pousser ensemble la barre vers l'avant.

Malgré l'excitation du moment, cela m'a instantanément ramené à ce vieil *Amiral Benbow*, et il m'a
semblé entendre la voix du capitaine piauler à l'unisson des autres. Mais bientôt l'ancre est sortie de
l'eau, bientôt elle a pendu, toute dégoulinante, à la
proue, bientôt les voiles se sont gonflées. La terre et
le bateau ont filé chacun de son côté et, avant que
je ne descende dormir une heure ou deux, l'*Hispaniola* avait entamé son voyage vers l'Île au trésor.

Je ne vais pas raconter la traversée en détail. Elle
s'est passée pratiquement sans histoire. Le bateau
était bon, l'équipage constitué de marins capables,
outre que le capitaine connaissait à fond son affaire.
Mais avant de parvenir à l'Île au trésor, il s'est produit deux ou trois choses qui méritent d'être
connues.

M. Arrow, en premier lieu, s'est révélé pire que le

capitaine l'avait craint. Il n'avait aucune autorité sur l'équipage et, avec lui, les hommes faisaient ce qu'ils voulaient. Mais ce n'était pas là le pire. Après un jour ou deux en mer, il a paru sur le pont l'œil hagard, les joues rouges, la langue pâteuse, bref, en montrant tous les signes de l'ivresse. À plusieurs reprises il a fallu l'envoyer aux arrêts dans la cale. Régulièrement, il lui arrivait de tomber et de se couper. Parfois il restait allongé toute la journée sur sa couchette, sous le capot. Et puis, pendant un jour ou deux, il restait sobre et faisait son travail de façon à peu près passable.

En même temps, nous n'avons jamais pu découvrir où il trouvait à boire. C'était le mystère du bateau. Nous avions beau le surveiller, impossible de savoir. Quand nous le lui demandions en face, il riait, s'il était soûl, et s'il était à jeun, il jurait ses grands dieux qu'il n'avait jamais bu autre chose que de l'eau.

En tant qu'officier, il était inutile et, en plus, il donnait un mauvais exemple aux hommes. Il était clair, pourtant, qu'à ce rythme il finirait par se tuer. Si bien que personne n'a été surpris, ni vraiment triste, quand, par une nuit sombre, alors que la mer était grosse, il a disparu pour ne plus jamais être revu.

— Passé par-dessus bord, a dit le capitaine. Eh bien ! Voilà qui m'épargnera d'avoir à le mettre aux fers !

Nous nous sommes tout de même trouvés avec un officier en moins et il a fallu donner de l'avancement à un des hommes. Le bosco, Job Anderson, était le plus qualifié pour ça. Il a conservé son ancien titre tout en faisant fonction de second. M. Trelawney avait beaucoup navigué, et son expérience nous a été fort utile car il lui est souvent arrivé de prendre un quart quand le temps était beau. Quant au quartier-maître, Israël Hands, c'était un vieux marin expérimenté, soigneux et malin, à qui on pouvait faire confiance presque en toutes circonstances.

Il était l'intime de Long John Silver et mentionner ce nom me conduit à parler de notre coq, Barbecue, comme le surnommaient les hommes.

À bord du bateau, il portait souvent sa béquille autour du cou, attachée par une lanière, de façon à avoir les deux mains libres, autant que possible. Ce n'était pas rien de le voir appuyer le pied de sa béquille contre une cloison et, ainsi calé, cuisiner comme n'importe qui sur la terre ferme, en suivant les mouvements du bateau. Le voir traverser le pont par gros temps était encore plus curieux. Il avait un filin ou deux tendus pour l'aider à traverser les espaces vides – les boucles d'oreilles de Long John, on les appelait. Et il se déplaçait d'un endroit à l'autre, tantôt en utilisant sa béquille, tantôt en la trimbalant attachée à la courroie, aussi vite que n'importe qui d'autre. Il arrivait pourtant à certains des hommes qui avaient déjà navigué avec lui de s'apitoyer en le voyant ainsi diminué.

— C'est pas un gars ordinaire, Barbecue, m'a dit une fois le quartier-maître. Il a fait des études quand il était jeune et il parle comme un livre ouvert quand ça lui dit. Et d'un courage – un lion, c'est rien à côté de Long John ! Je l'ai vu attraper quatre types et les assommer en leur cognant la tête l'une contre l'autre – et sans armes !

Tout l'équipage le respectait et lui obéissait. Il avait une façon bien à lui de s'adresser à chacun et de rendre service à tout le monde en particulier. Il était invariablement gentil avec moi et toujours content de me voir dans la cuisine qu'il gardait propre comme un sou neuf, avec les plats bien astiqués pendus au mur et son perroquet dans sa cage dans un coin.

— Viens par-là, Hawkins, disait-il. Viens causer un brin avec John. Personne n'est le bienvenu autant que toi, fiston ! Assieds-toi, et écoute les nouvelles. Voici Cap'tain Flint – j'ai donné à mon perroquet le nom du fameux pirate, le Cap'tain Flint. Alors, Cap'tain Flint, tu prédis le succès de notre voyage, n'est-ce pas ?

Et le perroquet disait à toute vitesse : « Pièces de huit ! Pièces de huit ! Pièces de huit ! » au point qu'on s'étonnait que le souffle ne finisse pas par lui manquer et que John devait couvrir la cage avec son mouchoir.

— En fait, cet oiseau, disait-il, a peut-être deux cents ans, Hawkins – la plupart vivent, pour ainsi dire, éternellement. Et si quelqu'un a été le témoin de plus de crimes que lui, ça ne peut être que le diable lui-même. Il a navigué avec England, le grand

Cap'tain England, le pirate. Il est allé à Madagascar, à Malabar, au Surinam, à Providence et à Portobello. Il a assisté à la remise à flot des bateaux d'argent qui avaient coulé. C'est là qu'il a appris à dire « Pièces de huit ! » et c'est pas étonnant parce qu'il y en avait trois cent cinquante mille, Hawkins. Il était à l'abordage du *Vice-roi des Indes*, au large de Goa. À le voir, on l'aurait pris pour un bébé mais tu sentais la poudre, hein cap'tain ?

— Paré à virer ! hurlait le perroquet.

— Ah, c'est un fameux gaillard ! disait le cuisinier, et il lui donnait un bout de sucre qu'il tirait de sa poche.

Alors l'oiseau pinçait les barreaux avec son bec et se mettait à lâcher en série des jurons d'une grossiè-reté tout à fait incroyable.

— Et voilà, ajoutait John, impossible de toucher au goudron sans se coller les doigts, mon gars. Mon pauvre vieil innocent d'oiseau jure comme un damné, sans être plus malin pour autant, tu peux le croire. Il jurerait pareil, pour ainsi dire, devant un chapelain.

Et John se touchait les cheveux qui bouclaient sur son front de cette façon solennelle qui me faisait le considérer comme le meilleur des hommes.

Cependant, le chevalier et le capitaine Smollett étaient toujours en froid. Le chevalier n'en faisait pas mystère : il méprisait le capitaine. Le capitaine, de son côté, ne lui parlait jamais sauf s'il s'était adressé à lui d'abord. Il se montrait alors concis et cassant et ne disait pas un mot de trop. Quand on l'y contraignait, toutefois, il admettait qu'il s'était sans doute trompé sur le compte de l'équipage parce que certains des hommes se révélaient d'excellents éléments selon ses critères et que tous se comportaient convenablement. Quant à la goélette, il s'en était entiché d'emblée.

— Elle tient le vent plus fidèlement qu'un homme est en droit de l'espérer de sa propre épouse. Mais, ajoutait-il, tout ce que je puis dire c'est que nous ne sommes pas rentrés au bercail et que je n'aime pas cette expédition !

En l'entendant, le chevalier tournait le dos et arpentait le pont à grands pas, le menton haut.

— Encore un peu à devoir subir cet individu, et j'explose ! disait-il.

Nous avons eu quelques jours de gros temps qui a juste démontré les qualités de l'*Hispaniola*. Tous les hommes à bord semblaient contents et ils se seraient montrés bien difficiles sinon, car je ne pense pas qu'un seul équipage a été autant gâté depuis que Noé a pris la mer. Ils avaient double ration de grog au moindre prétexte, du pouding, même les jours de semaine, si, par exemple, le chevalier apprenait que c'était l'anniversaire d'un des hommes, et toujours une barrique de pommes qui restait ouverte, de telle sorte que quiconque en avait envie pouvait se servir.

— Je n'ai jamais vu que cela puisse donner quoi que ce soit de bon, disait le capitaine au docteur Livesey. Gâtez les hommes d'équipage et vous en faites des démons. C'est ce que je crois !

Il a pourtant résulté du bon de ce tonneau de pommes, comme vous allez l'entendre. Sans lui, nous n'aurions pas été mis sur nos gardes et nous aurions peut-être tous été tués par traîtrise.

Voici comment les choses se sont passées.

Nous avions abandonné les alizés[1] pour prendre le vent menant à l'île (je ne suis pas autorisé à être plus précis) et nous voguions rapidement vers elle en ayant un homme en vigie jour et nuit. D'après les calculs les plus larges, en effet, c'était le dernier jour de notre voyage aller. D'un moment à l'autre, cette nuit-là, ou, au pire, avant midi le lendemain, nous devions être en vue de l'Île au trésor. Le cap était au S.S.E., nous avions une brise régulière de côté et une mer calme. L'*Hispaniola* roulait régulièrement en trempant son beaupré[2] par intervalles ce qui faisait jaillir une gerbe d'embruns. Toutes les voiles étaient déployées. Tout le monde était de belle humeur parce que nous étions presque au terme de la première étape de l'aventure.

Juste après le crépuscule, alors que, mon travail fini, je regagnais ma couchette, il m'est venu l'envie de croquer une pomme. Je suis monté sur le pont. Les matelots de quart étaient tous à l'avant, à guetter l'île. L'homme de barre surveillait les voiles tout en sifflotant doucement pour lui-même. C'était le seul

---

1. Vents soufflant toute l'année de l'est.
2. Mât placé à l'avant, plus ou moins en oblique.

bruit audible en dehors du frottement de la mer contre l'avant et les bords du bateau.

Je me suis glissé dans la barrique où il ne restait presque plus de pommes. Et là, assis dans le noir, avec le bruit de l'eau et le mouvement berceur du bateau, soit je m'étais endormi soit je n'allais pas tarder à le faire quand un homme de forte corpulence est venu s'asseoir bruyamment juste à côté. La barrique a tremblé quand il y a appuyé son dos et je m'apprêtais à sortir quand l'homme s'est mis à parler. C'était la voix de Silver. Après avoir entendu une douzaine de mots, je ne me serais montré pour rien au monde. Je suis resté là, à écouter en tremblant car ces douze mots m'ont fait comprendre que le salut de tous les gens honnêtes qui étaient à bord dépendait de moi et de moi seul.

11

Ce que j'ai entendu
dans la barrique

— Non ! pas moi ! a dit Silver. C'est Flint qu'était le cap'tain. J'étais quartier-maître, avec ma jambe en bois. Le même abordage m'a fait perdre ma jambe et au vieux Pew, ses lanternes. C'était un maître chirurgien, celui qui m'a amputié – l'avait fait ses études et tout ! – il sortait du latin à pleines louches et je sais trop quoi encore ! Mais il a été pendu comme les autres, et il a séché au soleil, à Corso Castle. C'étaient les hommes de Robert, eux, et tout est arrivé à cause qu'ils venaient juste de changer les noms de leurs bateaux – *Royal Fortune* et ainsi de suite. Le nom de baptême qu'on donne à un bateau, il doit le garder, à mon avis. Ç'a été comme ça avec la *Cassandra* qui nous a ramenés sains et saufs de Malabar après que England s'est eu emparé du *Vice-roi des Indes*. Ç'a aussi été comme ça avec ce brave *Walrus*, le vieux rafiot de Flint, que, des fois, j'ai vu tout rouge et gluant de sang et presque prêt à couler à cause de sa charge d'or.

— Ah ! s'est écriée une autre voix, celle du plus jeune matelot du bord, c'était le dessus du panier, Flint !

— Davis aussi était un sacré gars, à tous points de vue, mais j'ai jamais navigué avec lui. D'abord avec England puis avec Flint, voilà toute mon histoire. Et cette fois, à mon propre compte, façon de parler. J'ai mises neuf cents livres de côté, avec England, et ensuite, deux mille de plus, après Flint. C'est pas mal pour un simple matelot – le tout en sûreté, à la banque. En fait, c'est pas gagner, c'est épargner qu'est difficile, tu peux me croire. Où ils sont les compagnons d'England aujourd'hui ? Et ceux de Flint ? Et ben, ils sont à bord, ici, et pas mécontents de manger du pouding, parce qu'ils en étaient à mendier, certains d'entre eux. Le vieux Pew, comme il avait perdu la vue, il ne s'est rien refusé. Il a dépensé douze cents livres en un an, comme un lord au Parlement. Et il est où, aujourd'hui ? Ben, il est mort, et planté à fond de cale. Mais pendant les deux ans avant, que le diable m'emporte, il a crevé de faim ! Il mendiait, il volait, il coupait les gorges et, malgré ça, il avait faim, tonnerre !

— Alors, ça sert pas à grand-chose, après tout, a dit le jeune matelot.

— Ça sert pas à grand-chose pour les imbéciles, tu peux le dire, ça non ! s'est écrié Silver. Seulement, tu vois, t'es jeune, c'est un fait, mais t'es bien plus malin que la moyenne, j'ai vu ça tout de suite quand je t'ai connu. Alors je vais te causer d'homme à homme.

Vous pouvez imaginer ce que j'ai ressenti quand j'ai entendu cet abominable vieux coquin adresser à un autre les mêmes propos flatteurs qu'à moi. Je crois que, si je l'avais pu, je l'aurais tué à travers la barrique. Il a poursuivi, cependant, sans se douter que quelqu'un l'écoutait en cachette.

— Voilà ce qui en est des gentilshommes de fortune. Ils ont une vie rude et ils risquent la corde, mais ils mangent et boivent comme des coqs de combat. Et quand une expédition se termine, alors, c'est des centaines de livres, pas une poignée de sous, qu'ils ont dans les poches. C'est vrai, la grosse part file en rhum et en bon temps, et hop ! de nouveau la mer quand il leur reste plus que leur chemise ! Mais c'est pas comme ça que je vois les choses. Je mets tout de côté, un peu ici, un peu là, jamais beaucoup au même endroit, par souci de discrétion. J'ai cinquante ans, tu vois, et une fois rentré de cette expédition, je m'établis pour de bon comme rentier. Il est temps, que tu penses ! Seulement j'ai vécu facile entre-temps, sans jamais me refuser ce qui me faisait envie. J'ai dormi dans un lit et bien mangé tous les jours, sauf en mer. Et comment que j'ai commencé ? Simple matelot, comme toi !

— D'accord, a répondu l'autre, mais tout ton argent est perdu à présent. Parce que t'oseras plus te montrer à Bristol !

— Ah oui ? Où tu croyais qu'il était ? a demandé Silver d'un ton ironique.

— À Bristol, dans des banques et chez des prêteurs, a répondu son compagnon.

— Il y était, a dit le coq. Il y était même encore quand on a levé l'ancre. Mais depuis, ma légitime a tout ramassé. La taverne de *La Longue-vue* est vendue – bail, clientèle, tout le matériel. Et la brave petite est partie me rejoindre. Où ça ? Je te le dirais bien, parce que je te fais confiance, mais ça rendrait jaloux tes camarades.

— Tu peux faire confiance à ta bourgeoise ? a demandé l'autre.

— Les gentilshommes de fortune, a répliqué le coq, se fient pas les uns aux autres, en général, et ils ont pas tort, tu peux le croire. Mais, moi, j'ai ma façon à moi. Quand un gars commence à faire un faux pas – un gars qui me connaît, je veux dire – il le finit pas dans le même monde que le vieux John. Y en avait qui avaient peur de Pew et y en avait qui avaient peur de Flint. Mais Flint, même lui, il avait peur de moi. Peur qu'il avait, tout fier qu'il était. C'était l'équipage le plus rude qui a jamais pris la mer, celui de Flint. Le diable lui-même aurait eu peur d'embarquer avec ces hommes-là. Enfin, je suis pas du genre à me vanter, et tu vois par toi-même que je suis de bonne compagnie, mais quand j'étais quartier-maître, on pouvait pas dire que les vieux boucaniers de Flint étaient précisément des agneaux. Alors tu peux te sentir rassuré sur le bateau du vieux John.

— Je peux te le dire maintenant, a répondu le garçon, je n'aimais pas le boulot pour deux sous avant de causer avec toi, John. Mais à présent, tope là !

— T'es un brave gars, et loin d'être bête ! a répondu Silver en lui secouant la main si chaleureusement que la barrique en a tremblé. Ma parole, une plus belle tête de gentilhomme de fortune, j'en avais jamais vu avant !

À ce moment-là, j'avais commencé à comprendre le sens des mots qu'ils employaient. Par « gentilhomme de fortune » ils désignaient ni plus ni moins un banal pirate et la petite scène que je venais de surprendre était l'acte final de la corruption d'un des matelots honnêtes – peut-être le dernier qu'il restait à bord. Sur ce chapitre, je n'ai pas tardé à me sentir soulagé car, alors, Silver a sifflé doucement, ce qui a amené un troisième homme à venir s'asseoir près de lui.

— Dick est réglo ! a dit Silver.

— Ho ! je savais qu'il est réglo, a répliqué la voix du quartier-maître, Israël Hands. Il est pas fou, Dick !

Là, il a fait passer sa chique d'une joue à l'autre et il a craché.

— Mais écoute-moi, a-t-il continué, ce que je voudrais bien savoir, Barbecue, c'est combien de temps qu'on va continuer de courir au large comme un maudit canot d'approvisionnement ? J'en ai eu pour mon compte du cap'taine Smollett. Il m'a été dessus assez longtemps, mille tonnerres ! Je veux aller dans la cabine, ça oui ! Je veux leurs pickles et leur vin et tout le reste !

— Israël, a dit Silver, la tête, c'est pas ton fort et ça l'a jamais été. Mais t'es capable d'écouter, je l'admets. Au moins, t'as de grandes oreilles. Alors voilà ce que je dis : tu continues d'avancer, tu vis à la dure, tu parles bas et tu restes sobre jusqu'à ce que je fasse passer la consigne. Et tu peux t'en tenir à ça, mon gars !

— Ben, je dis pas non, moi, a grommelé le quartier-maître. Ce que je dis c'est : quand ? Voilà ce que je dis.

— Quand ? Mille pétards ! a crié Silver. Eh bien ! si tu veux le savoir, je vais te le dire, quand ! Aussi tard que possible, voilà quand ! C'est un marin de tout premier ordre, le cap'tain Smollett, et il mène ce fichu navire pour nous. Il y a ce chevalier et ce docteur qu'ont une carte et tout ce qui faut – tandis que moi je sais pas où il est ! Pas plus que toi, tu vois ! Alors ce que je veux dire c'est que le chevalier et le docteur le trouveront et nous aideront à le porter à bord, mille pétards ! Et alors, on verra. Si j'étais sûr de vous, fils de doubles vauriens, je laisserais le cap'taine Smollett nous ramener jusqu'à mi-chemin avant de frapper.

— Ben, on est tous des marins à bord, du moins je crois, a dit ce garçon, Dick.

— On est des gars d'équipage, tu veux dire, a répondu Silver, sèchement. On peut suivre une route mais qui sait l'établir ? C'est là-dessus que vous vous cassez tous les dents, du premier au dernier. Si je faisais à ma façon, je laisserais le cap'tain Smollett nous ramener au moins aux alizés. Comme ça, on se retrouverait pas avec une cuillerée d'eau à boire par jour à force d'erreurs de calcul. Mais je sais comment vous êtes. J'en finirai avec eux sur l'île, aussitôt que le butin sera à bord et c'est bien dommage. Seulement, vous êtes pas heureux tant que vous êtes pas soûls ! Misère ! ça me fait vomir de naviguer avec des gars comme vous !

— Du calme, Long John, s'est exclamé Israël. Qui c'est qui te contrarie ?

— Combien de grands bateaux, tu penses, j'ai vu se faire aborder ? Et combien de joyeux lurons sécher au soleil sur *Execution Dock*[1] ? a crié Silver. Et chaque fois pour la même raison : précipitation et précipitation et précipitation ! Tu m'entends ? J'ai vu une chose ou deux en mer, ça oui ! Si seulement

_____

1. Quai de la Tamise, à Londres où, pendant quatre siècles et jusqu'en 1830, on a pendu les pirates condamnés à mort par le tribunal de l'Amirauté.

vous saviez établir votre route et garder le cap contre le vent, vous rouleriez en carrosse ! Mais pas vous, je vous connais ! Vous vous remplirez le museau de rhum demain et vous irez vous faire pendre !

— Tout le monde savait que t'es une sorte de chap'lain, John. Mais y a des autres qui barraient et pilotaient aussi bien que toi, a dit Israël. Ils aimaient un peu d'amusement, eux. Ils étaient pas si hautains et si secs, mais ils prenaient du bon temps comme les joyeux compagnons qu'ils étaient !

— Et puis ? a dit Silver. Ils sont où maintenant ? Pew était ce genre, et il a fini mendiant. Flint aussi, et le rhum l'a tué à Savannah. Ah oui, c'était un brillant équipage ! Seulement, ils sont où ?

— Une fois qu'on aura mis les autres hors du coup, a demandé Dick, qu'est-ce qu'on va en faire ?

— Voilà un gars qui me plaît, s'est écrié le coq d'un ton admiratif. C'est ce que j'appelle les affaires. À ton avis ? Les abandonner à terre comme des naufragés ? Ce serait agir à l'anglaise. Ou alors les dépecer comme des cochons ? Ce qu'auraient fait Flint ou Billy Bones.

— C'était bien le genre à Billy, ça, a dit Israël. Les morts, ça mord pas, qu'il disait. À présent qu'il est mort lui aussi, il est bien placé pour le savoir. Mais si jamais y a eu un rude gaillard, c'était bien Billy !

— T'as raison, a dit Silver, rude et prêt à tout ! Mais remarque que même si je suis un homme facile à vivre, et plutôt du genre gentleman comme qui dirait, cette fois, c'est sérieux. Le devoir, les gars, c'est le devoir. Alors je vote : la mort. Quand je me pointerai au Parlement et que je serai dans mon carrosse, je veux pas voir rappliquer un de ces chicaneurs de la cabine qui serait aussi malvenu que le diable pendant la prière. Attendre, c'est ce que je dis. Mais quand le moment est arrivé, eh bien ! on fonce !

— John, s'est exclamé le quartier-maître, t'es un chic type !

— Tu le diras quand tu le verras, a dit Silver. Je réclame qu'une chose – c'est Trelawney. J'y arracherai sa tête de veau avec mes mains que vous voyez là ! Dick, a-t-il ajouté, en s'interrompant, soulève-toi comme un bon garçon que t'es et attrape-moi une pomme, pour m'humecter le sifflet !

Je vous laisse imaginer ma terreur, dans la barrique ! J'aurais sauté dehors pour m'enfuir si j'en avais eu la force mais jambes et courage m'avaient abandonné en même temps. J'ai entendu Dick se lever et, alors, quelqu'un l'a probablement arrêté. La voix de Hands s'est fait entendre :

— Oh ! laisse tomber ! Tu ne vas pas te mettre à sucer ces bêtises ! Prenons un coup de rhum, plutôt !

— Dick, a répondu Silver, je te fais confiance. Y a une mesure sur le tonneau. Voilà la clef. Tu remplis une fiole et tu la remontes ici.

Tout terrifié que j'étais, je n'ai pas pu m'empêcher de penser que c'était ainsi que M. Arrow se procurait l'eau-de-vie qui avait causé sa perte.

Dick s'est absenté juste un bref moment. Pendant son absence, Israël a parlé à John à l'oreille. Je n'ai pu entendre qu'un mot ou deux, ce qui ne m'a pas empêché d'apprendre une nouvelle importante. Parmi d'autres bribes sur le même sujet, j'ai saisi cette phrase entière : « Y en a pas d'autres qui suivront ! » Il restait donc des matelots fidèles à bord !

Quand Dick est revenu, le trio a bu à la bouteille, chacun son tour, l'un : « À la chance ! », l'autre : « Au vieux Flint ! » et Silver en disant un peu comme une comptine : « À nous-mêmes et veille au guindant, beaucoup de prises et beaucoup d'argent ! »

À ce moment-là, une lueur m'a enveloppé dans la barrique. En levant la tête, j'ai vu que la lune venait de se lever. Elle éclaboussait d'argent le mât d'artimon et brillait, blanche, sur le bas de la voile avant. Presque aussitôt la voix de la vigie a retenti :

— Terre en vue !

12

Conseil de guerre

Le cri de la vigie provoque un grand remue-ménage sur le bateau. Jim en profite pour quitter sa cachette sans être vu et rejoindre tout le monde à l'avant.

Comme dans un rêve tant il est encore sous le choc de sa découverte, Jim voit émerger de la brume les contours de deux collines et le pic d'une montagne.

— Maintenant, demande le capitaine, l'un de vous a-t-il déjà vu cette île ?

— Moi, monsieur, dit Silver. J'ai fait de l'eau ici.

— Voici une carte ; reconnaissez-vous l'endroit ?

Les yeux de Silver brillent quand il prend la carte, mais ce n'est pas l'original. Y manquent les indications relatives au trésor. Il parvient toutefois à cacher sa déception et dit qu'il s'agit bien de la même île.

— C'est bon. Je ferai appel à vous en cas de besoin !

Jim souffle au docteur sans que les autres entendent :

— J'ai des nouvelles terribles. Descendez dans la cabine avec ces messieurs, puis trouvez un prétexte pour me convoquer sans éveiller les soupçons.

Après que le capitaine a annoncé à l'équipage qu'il y a double ration de rhum pour fêter le terme du voyage, il va dans la cabine, trinquer, prétexte-t-il, avec le chevalier et le docteur. Puis on fait chercher Jim.

En s'efforçant de faire bref mais sans rien omettre, Jim révèle à ses trois interlocuteurs ce qu'il a surpris des projets de Silver et de ses complices.

— Capitaine, s'écrie le chevalier, vous aviez raison. Je suis un âne bâté ! Mais à présent, j'attends vos ordres !

— Pas plus âne que moi qui n'ai rien vu venir, répond le capitaine. Mais trêve de bavardages ! Je vois trois points : nous devons aller de l'avant, sinon les hommes se mutineraient ; nous avons du temps, au moins jusqu'à la découverte du trésor ; il reste des hommes fidèles. J'ajouterai, puisque nous n'éviterons pas la bagarre, qu'il vaudra mieux la provoquer quand ils s'y attendront le moins.

— Voilà qui est parler comme un Anglais ! s'exclame le chevalier. Sur combien d'hommes comptons-nous ?

Le calcul est vite fait : Trelawney et ses serviteurs,

le docteur, le capitaine. Sept. Plus quelques marins. Mais lesquels ? Pour le savoir, tous sont d'accord là-dessus, Jim dont l'équipage ne se méfie pas sera d'un grand secours.

— Hawkins, je vous fais prodigieusement confiance ! conclut même le chevalier.

Ce qui désespère Jim car il se sent bien impuissant. Pourtant, comme va le montrer la suite, ce sera grâce à lui, par un bizarre concours de circonstances...

TROISIÈME PARTIE

Mon aventure à terre

13

Comment a commencé
l'aventure de Jim à terre

Le lendemain, en montant sur le pont, Jim constate que, vue de près, l'île change d'aspect. Des bois tout gris la recouvrent, coupés par des bancs de sable jaune et de hauts conifères qui dépassent les autres arbres. Au-dessus, les collines dressent leurs rocs nus comme des clochers. Cet aspect maussade malgré le grand soleil fait que Jim prend tout de suite l'île en grippe.

Comme il n'y a pas de vent, il faut mettre les chaloupes à la mer pour remorquer le navire. La chaleur est accablante et les hommes pestent. Un mauvais signe car jusque-là ils ont accompli leurs tâches volontiers.

Enfin l'*Hispaniola* jette l'ancre à l'endroit qu'indique la carte : le mouillage du capitaine Kidd.

La forêt cerne la baie. Deux rivières y aboutissent en formant des marécages bordés de feuillages à l'éclat vénéneux. Du pont, on ne voit pas le fortin mentionné par la carte. En réalité, l'île semble tout à fait vierge.

Une odeur particulière d'herbe et de bois pourris flotte sur le mouillage. Jim remarque que le docteur renifle avec la mine de quelqu'un qui sent un œuf gâté.

— Je ne sais pas s'il y a un trésor, finit-il par dire, mais je parierais ma perruque qu'il y a des fièvres.

L'attitude des hommes se fait vite préoccupante : l'ordre le plus simple est accueilli avec des murmures et exécuté à contrecœur. Silver lui-même paraît inquiet et fait tout son possible pour calmer l'équipage.

On tient conseil dans la cabine.

— Si je me risque à donner un ordre, dit le capitaine, tout le bateau va nous tomber dessus. Accordons aux hommes l'après-midi à terre. S'ils partent tous, nous nous emparerons du navire. Si quelques-uns seulement y vont, Silver les ramènera à bord aussi doux que des agneaux.

À la proposition du capitaine, les matelots répondent par des vivats enthousiastes. Ils pensent sûrement qu'à peine débarqués, ils tomberont sur le trésor.

Finalement, ils sont six à rester à bord. Les douze autres et Silver embarquent sur les deux chaloupes.

Quelle idée passe alors par la tête de Jim ? Puisqu'il reste des mutins à bord, ses amis ne pourront pas s'emparer du navire et n'ont donc pas besoin de son aide. Le voici qui décide brusquement d'aller à terre, lui aussi, et qui saute dans la chaloupe la plus proche.

Personne ne s'émeut de cette escapade et, à peine la chaloupe touche-t-elle le rivage que, s'aidant, d'une grosse branche, il saute à terre et fonce sous le couvert.

Silver a beau le rappeler, Jim ne s'arrête pas, comme vous pouvez bien le penser. Il continue de courir droit devant lui jusqu'à ce qu'il soit à bout de souffle.

14

Le premier coup

J'étais tellement content d'avoir faussé compagnie à
Long John que j'ai commencé à m'amuser et que j'ai
regardé autour de moi, plein d'intérêt pour la terre
étrange où je me trouvais.

J'avais traversé une zone marécageuse plantée de
bouleaux, de joncs et d'arbres d'allure bizarre. J'étais
parvenu au bord d'un espace sablonneux qui ondu-
lait à découvert sur environ un mile. Il était piqueté
de quelques pins et d'arbres tortueux qui n'étaient
pas sans ressemblance avec des chênes sauf que leurs
feuilles étaient argentées, comme celles des saules.
À l'autre bout de cet espace se dressait une des collines, avec deux curieux pitons escarpés qui brillaient
vivement au soleil.

Pour la première fois, j'ai éprouvé les joies de l'exploration. L'île était inhabitée. Mes compagnons, je les avais laissés loin derrière. Il n'y avait rien de vivant devant moi sinon des bêtes et des oiseaux. Je suis allé de-ci de-là parmi les arbres. Il y avait des plantes fleuries, inconnues de moi. Çà et là, j'ai aperçu des serpents. L'un d'eux a dressé la tête vers moi, sur le rebord d'un rocher, et a sifflé en faisant un bruit comparable à celui d'une toupie. Je n'ai pas pensé que c'était un ennemi mortel et que le bruit était celui de la fameuse « sonnette ».

J'ai ensuite atteint un long fourré de ces arbres qui ressemblaient à des chênes – j'ai su ensuite qu'il s'agissait de chênes verts – et qui poussaient presque au ras du sable, comme des ronces, avec des branches étonnamment tordues et un feuillage épais comme du chaume. Ce fourré partait du sommet d'une des buttes sablonneuses. Il s'élargissait au fur et à mesure qu'il descendait pour rejoindre d'un vaste marais planté de roseaux à travers lequel la plus proche des petites rivières se frayait un passage jusqu'au mouillage. Sous le soleil ardent, des vapeurs montaient du marais, et les contours de la Longue-vue tremblaient à travers cette brume légère.

Tout à coup, il s'est produit une espèce d'effervescence au milieu des joncs. Un canard sauvage s'est envolé en criant, un autre a suivi, et bientôt, sur toute la surface du marais, un grand nuage d'oiseau a fait des cercles dans l'air en criant. J'ai tout de suite pensé que quelques-uns de mes compagnons devaient approcher en longeant le marécage. Je n'avais pas tort puisque j'ai bientôt entendu le son d'une voix encore lointaine et faible qui, alors que je continuais à prêter l'oreille, s'est faite plus proche et plus forte.

Cela m'a effrayé. Je me suis glissé sous le couvert de ces chênes verts et je suis resté accroupi là, l'oreille aux aguets, aussi silencieux qu'une souris.

Une autre voix a répondu puis la première, que j'ai reconnue comme étant celle de Silver, a repris son histoire et a résonné longtemps de façon continue, interrompue à de rares intervalles seulement par l'autre. D'après le ton, ils devaient parler sérieusement, presque sauvagement. Mais aucun mot distinct n'est arrivé jusqu'à mes oreilles.

À la fin, il m'a semblé que les hommes qui discutaient s'étaient arrêtés et, peut-être, assis. Non seulement, en effet, leurs voix ne se rapprochaient plus mais, dans le marais, les oiseaux se montraient plus calmes et recommençaient à se poser.

Subitement, j'ai eu le sentiment de négliger ma tâche. Puisque j'avais été assez inconscient pour venir à terre avec ces desperados, le moins que je pouvais faire était de surprendre leurs conciliabules. Mon devoir le plus élémentaire était de m'approcher d'eux autant que possible en profitant de l'abri qu'offraient les arbres.

Je pouvais savoir précisément dans quelle direction ils se trouvaient grâce au son de leurs voix et au comportement de quelques oiseaux qui continuaient d'être effarouchés et volaient au-dessus de leur tête.

J'ai progressé vers eux à quatre pattes, régulièrement mais lentement, jusqu'à ce qu'enfin, en sortant la tête par une ouverture entre les feuilles, j'aie sous les yeux un petit vallon verdoyant ceinturé d'arbres en bordure du marais. Long John Silver et un autre homme d'équipage s'y tenaient face à face, en grande discussion

Le soleil tombait en plein sur eux. Silver avait jeté son chapeau au sol à côté de lui. Son gros visage blond et lisse, tout moite à cause de la chaleur, était tourné vers son interlocuteur qu'il essayait de convaincre.

— Mon gars, disait-il, c'est parce que je considère que tu vaux de l'or, tu peux me croire ! Si j'avais pas autant d'estime pour toi, tu crois peut-être que j'aurais pris la peine de te prévenir ? Tout est plié, y a plus rien à y faire. C'est pour sauver ta peau que je cause avec toi, et si un de ces sauvages le savait, à ton avis, il m'arriverait quoi, Tom, hein, il m'arriverait quoi ?

— Silver, a dit l'autre homme – j'ai noté qu'il était tout rouge et que sa voix, aussi rauque que celle d'un corbeau, tremblait comme une corde tendue. Silver, t'es vieux et t'es honnête, ou, du moins, c'est ce qu'on dit. T'as de l'argent aussi, que beaucoup de pauvres matelots en ont pas. Et t'es courageux, ou alors je me trompe. Et tu viens me dire que tu vas te laisser embarquer avec ces espèces de ratés et de lavettes ? Pas toi ! Aussi sûr que Dieu, il me voit, j'aimerais mieux perdre ma main. Si jamais je me détournais de mon devoir...

Un bruit l'a interrompu net. J'avais trouvé un des hommes d'équipage honnêtes et, au même moment, j'ai eu des nouvelles d'un autre. Loin dans le marais, a soudain retenti comme un cri de colère qu'ont suivi un autre cri puis un long hurlement horrible à entendre. Les rochers de la Longue-vue l'ont répété plusieurs fois en écho et les oiseaux se sont envolés de nouveau tous ensemble, obscurcissant le ciel dans un grand vrombissement. Et longtemps ce cri d'agonie a résonné dans ma tête, alors que le silence avait rétabli son empire et que seul le bruissement des oiseaux qui redescendaient et le grondement des vagues dans le lointain troublaient la langueur de l'après-midi.

Tom a tressailli en entendant le bruit, comme un cheval sous l'éperon. Silver, lui, n'a pas cillé. Il est resté où il était, légèrement appuyé sur sa béquille, à surveiller son compagnon, tel un serpent prêt à frapper.

— John ! a dit le marin en tendant la main.

— Bas les pattes ! a répondu Silver en sautant en arrière d'un yard – à ce qu'il m'a paru – avec la vitesse et la sûreté d'un gymnaste bien entraîné.

— Bas les pattes si tu veux, John Silver, a rétorqué l'autre. C'est une conscience noire qui te fait avoir peur de moi. Mais au nom du ciel, dis-moi, c'était quoi ?

— Ça ? a répondu Silver en souriant mais plus en alerte que jamais – ses yeux n'étaient plus qu'une tête d'épingle dans sa grosse figure mais ils brillaient comme des éclats de glace. Ça ? Oh, il me semble que ça doit être Alan !

À ce moment-là, Tom s'est révolté, comme un héros.

— Alan ! s'est-il écrié. Paix à son âme, c'était un vrai marin ! Quant à toi, John Silver, t'as longtemps été mon poteau mais tu l'es plus ! Même si je crève comme un chien, je mourirai en faisant mon devoir. Vous avez tué Alan, d'accord ? Alors tuez-moi aussi, si vous pouvez ! Je te mets au défi !

Là-dessus, ce courageux matelot a tourné le dos au coq et s'est mis à marcher vers la plage. Il n'était pas destiné à aller loin. En poussant un cri, John s'est agrippé à la branche d'un arbre, a tiré sa béquille de sous le bras et a lancé ce grossier projectile qui a fendu l'air. Il a frappé le pauvre Tom, pointe la première, juste entre les épaules, au milieu du dos, avec une force surprenante. Tom a levé les bras et, le souffle coupé, il est tombé.

Était-il blessé sérieusement ou non, personne ne le dira jamais. À en juger d'après le bruit, il est vraisemblable qu'il a eu le dos cassé par le choc. Mais on ne lui a pas laissé le temps de se remettre. Silver, agile comme un singe même sans jambe et sans béquille, a été sur lui en un clin d'œil. Il a plongé son couteau à deux reprises dans ce corps sans défense, jusqu'à la garde. De ma cachette, j'ai pu l'entendre haleter très fort quand il a porté ses coups.

Je ne sais pas ce que c'est que s'évanouir à proprement parler mais je sais que, pendant le moment qui a suivi, le monde entier s'est fondu devant moi en une brume tourbillonnante. Silver et les oiseaux et le sommet lointain de la Longue-vue ont tourné et tourné sens dessus dessous devant mes yeux tandis que toutes sortes de cloches et des voix lointaines tintaient à mes oreilles.

Quand j'ai recouvré mes esprits, le monstre avait repris son allure habituelle, béquille sous le bras, son chapeau sur la tête. Devant lui, Tom gisait immobile sur le gazon. L'assassin ne s'en souciait pas du tout, occupé qu'il était à essuyer son couteau couvert de sang à une touffe d'herbe. Tout le reste demeurait inchangé. Le soleil continuait de briller impitoyablement sur les marais fumants et sur les hauteurs des montagnes. J'avais du mal à me persuader qu'un meurtre venait réellement d'être commis, qu'une vie humaine avait été cruellement tranchée à peine un instant plus tôt, juste sous mes yeux.

John a mis la main à la poche pour y prendre un sifflet. Il en a tiré plusieurs sifflements modulés qui ont porté au loin dans l'air chaud. Bien sûr, j'étais incapable de deviner le sens de ce signal mais il a instantanément réveillé mes craintes. D'autres hommes allaient venir. Je risquais d'être découvert. Ils avaient déjà tué deux des hommes honnêtes. Après Tom et Alan, n'allais-je pas être le prochain ?

119

Je me suis éloigné sans plus tarder. J'ai rampé de nouveau dans l'autre sens, vers la partie du bois plus dégagée, en faisant aussi vite et aussi peu de bruit que possible. En chemin, j'ai entendu les saluts qu'ont échangés le vieux boucanier et ses complices. Ce bruit du danger m'a donné des ailes. Aussitôt que je suis sorti des fourrés, j'ai couru comme je n'avais jamais couru auparavant, sans faire attention à la direction où j'allais du moment qu'elle m'éloignait des meurtriers. Et tandis que je courais, la peur a grandi et grandi en moi jusqu'à se transformer en une sorte de panique.

En réalité, quelqu'un aurait-il pu se trouver plus perdu que je l'étais ? Quand le coup de canon allait retentir, comment aurais-je le cœur de retourner aux canots avec ces monstres encore tout fumants de leur crime ? Le premier qui me verrait ne me tordrait-il pas le cou comme à un pigeon ? Mon absence ne serait-elle pas la preuve de mes inquiétudes et donc, fatalement, du fait que je savais tout ? C'en était fait de moi, ai-je pensé. Adieu l'*Hispaniola* ! Adieu, chevalier, docteur et capitaine ! Je n'avais pas d'autre choix que de mourir de faim ou des mains des mutins !

En même temps, comme je l'ai dit, je courais toujours et, sans y prendre garde, je suis arrivé au pied de la petite colline avec les deux pitons. J'avais pénétré dans une partie de l'île où les chênes verts poussaient plus espacés et ressemblaient dans leur port et leur taille aux arbres de nos forêts. Au milieu d'eux se dressaient quelques pins isolés, certains hauts de cinquante pieds, d'autres plus près de soixante-dix. L'air était plus respirable qu'en bas, près des marais.

Et là, une nouvelle alerte m'a figé sur place, le cœur battant à grands coups.

15

L'homme de l'île

Du flanc de la colline qui à cet endroit est abrupte et pierreuse, une petite masse de gravier se détache pour tomber en crépitant à travers les arbres.

Jim lève les yeux et voit une silhouette qui bondit se cacher derrière un tronc. Un ours ? Un homme ? Un singe ? La forme semble être brunâtre et velue.

Sous le coup de cette nouvelle terreur, Jim reste un moment pétrifié. Toute fuite est impossible : derrière lui, les assassins et devant, cette chose indéfinissable.

Préférant Silver qu'il connaît à cette créature des bois, Jim fait demi-tour. Mais elle, courant de tronc en tronc, aussi vive qu'un daim, lui coupe la route.

L'idée qu'il a sans doute affaire à un cannibale

décide Jim à lutter. Son pistolet à la main, il se dirige vers son poursuivant qui, en le voyant venir, se jette à genoux en tendant des mains suppliantes.

— Qui êtes-vous ? demande Jim.

— Ben Gunn, répond l'autre, d'une voix qui grince comme une serrure rouillée. Je suis le pauvre Ben Gunn. Je n'ai pas parlé à un chrétien depuis trois ans.

L'homme est vêtu de lambeaux toile à voile et vêtements attachés ensemble de façon incongrue par des boutons, des bouts de ficelle et des brins de jonc.

— Vous avez fait naufrage ? demande Jim.

— Ils m'ont abandonné.

En quelques mots, Ben Gunn raconte à Jim la triste existence qu'il a menée seul sur l'île.

— Mais j'ai réfléchi, dit-il. Je suis revenu à la religion et je boirai plus de rhum. Et puis... je suis riche ! Mais dis-moi, c'est pas le vaisseau de Flint, n'est-ce pas ?

— Flint est mort. Mais plusieurs de ses anciens matelots sont à bord, dont un avec jambe de bois !

— Long John ! C'est pas lui qui t'envoie, au moins ?

Pour rassurer Ben Gunn, Jim lui raconte toute son aventure depuis le début.

— Crois-tu que tes amis se montreraient généreux si on les aidait ? demande Ben Gunn.

Comme Jim répond par l'affirmative, Ben Gunn le prie d'aller leur dire qu'il était sur le navire de Flint quand il a enterré le trésor. Trois ans plus tard, il est retombé sur l'île avec un autre bateau. « C'est l'île où Flint a caché son trésor, a-t-il dit à ses camarades. » Du coup, ils l'ont cherché pendant douze jours sans rien trouver. Et de rage, les autres l'ont laissé là !

— Mais comment revenir à bord ? s'inquiète Jim.

— J'ai un coracle que j'ai construit...

Juste alors, l'île retentit d'un coup de canon. La bataille vient de commencer !

Jim court vers le mouillage, Ben Gunn à ses côtés. Au bout d'un moment, on entend une décharge d'armes légères. Et soudain, à un quart de mile devant, Jim voit l'Union Jack qui flotte au-dessus d'un bois.

QUATRIÈME PARTIE

Le fortin

16

Récit continué par le docteur :
Comment le navire fut abandonné

Il était environ une heure et demie – trois cloches en langage de marins – quand les deux chaloupes ont quitté l'*Hispaniola* pour aller à terre. Le capitaine, le chevalier et moi-même discutions la situation dans la cabine. S'il y avait eu un souffle de vent, nous serions tombés sur les six mutins restés à bord, nous aurions largué l'amarre et pris le large. Mais le vent faisait défaut. Et pour rendre totale notre impuissance, Hunter est descendu annoncer que ce Jim Hawkins s'était faufilé dans une des embarcations pour aller à terre avec les autres.

Nous n'avons jamais songé à douter de Jim Hawkins mais nous avons craint pour sa sécurité.

Avec des hommes dans l'état d'esprit où ils étaient, il a semblé qu'il y avait peu de chances de revoir le garçon. Nous avons couru sur le pont. La poix bouillonnait dans les joints. La puanteur maligne de l'endroit m'a soulevé le cœur. Si jamais on a reniflé la fièvre et la dysenterie quelque part, c'est bien dans cet abominable mouillage. Les six forbans étaient assis à grommeler dans l'ombre d'une voile, à l'avant. À terre, nous pouvions voir les chaloupes qu'on avait amarrées tout près de l'embouchure de la rivière. Un homme était assis dans chacune. L'un d'eux sifflotait *Lillibullero*.

Attendre était éprouvant et il fut décidé que Hunter et moi irions aux nouvelles à terre, avec le canot.

Les chaloupes s'étaient déportées sur la droite tandis que Hunter et moi avons ramé tout droit, dans la direction du fortin d'après la carte. Les deux hommes de garde ont paru effarés de nous voir apparaître. *Lillibullero* s'est interrompu et j'ai pu voir qu'ils discutaient de ce qu'ils devaient faire. S'ils étaient allés prévenir Silver, tout aurait peut-être tourné différemment. Mais ils avaient des ordres, je suppose. Ils ont décidé de rester tranquillement assis où ils étaient. Et *Lillibullero* a repris.

La côte présentait une légère courbure et j'ai gouverné de façon à la mettre entre eux et nous. Avant même de débarquer, les chaloupes n'étaient plus en vue. J'ai sauté à terre et je me suis mis en marche aussi vite que je l'ai osé, avec un grand mouchoir de soie sous mon chapeau pour la fraîcheur, et une paire de pistolets armés, pour la sécurité.

Je n'ai pas fait plus de cent yards avant d'atteindre la petite forteresse.

Voici comment elle se présentait : une source d'eau claire jaillissait presque au sommet d'une butte. Sur la butte, autour de la source, était érigée une robuste construction en rondins capable d'accueillir quarante personnes à condition qu'elles se serrent un peu. Les murs étaient percés de meurtrières de tous les côtés. Tout autour se trouvait un espace dégagé. L'ensemble était complété par une palissade de six pas de haut sans porte ni ouverture, trop solidement plantée pour être renversée à moins d'y consacrer beaucoup de temps et d'efforts, et trop basse pour abriter les assiégeants. Les occupants du fortin avaient tous les avantages : ils étaient à l'abri et tiraient les autres comme des perdrix. Tout ce qu'il leur fallait, c'était une bonne sentinelle et de la nourriture car, à moins d'une surprise totale, on pouvait tenir la place contre un régiment.

Ce qui m'a tout particulièrement séduit a été la source. Car si nous disposions d'assez de place dans la cabine de l'*Hispaniola*, avec quantité d'armes et de munitions, et de quoi manger, du vin excellent, il y avait juste une chose que nous avions négligée : nous n'avions pas d'eau. J'y songeais quand a retenti dans toute l'île le cri d'agonie d'un homme. J'avais déjà eu affaire à des morts violentes – j'ai servi sous son Altesse Royale le duc de Cumberland et j'ai été blessé à la bataille de Fontenoy – mais j'ai senti mon pouls s'accélérer. « C'en est fait de Jim Hawkins ! » telle a été ma première pensée.

C'est une chose d'être un ancien soldat, c'en est encore une autre d'avoir été docteur. Il n'y a pas de place pour les atermoiements dans notre profession. Je me suis décidé sur-le-champ : j'ai couru au rivage et j'ai sauté à bord du canot.

Par chance, Hunter était très bon rameur. Nous avons filé sur l'eau. Bientôt le canot a accosté et je suis remonté à bord.

J'ai trouvé les autres choqués, ce qui était bien naturel. Le chevalier était assis, blanc comme un linge, à songer au mauvais pas dans lequel il nous avait mis, le pauvre homme ! Et l'un des six matelots n'allait pas beaucoup mieux.

— Il y a un homme qui est nouveau dans ce genre d'affaires, a dit le capitaine Smollett en le désignant du menton. Il a manqué s'évanouir en entendant le cri. Un petit coup de gouvernail et le gaillard nous rejoindrait !

J'ai expliqué mon plan au capitaine et nous avons fixé entre nous les détails de sa mise en œuvre.

Nous avons posté le vieux Redruth dans le passage entre la cabine et le gaillard d'avant avec trois ou quatre mousquets chargés et un matelas en guise de protection. Hunter a amené le canot sous la poupe et Joyce et moi nous sommes mis à le charger de barils de poudre, de mousquets, de sacs de biscuits, de fûts de porc, d'un tonnelet de cognac et de ma précieuse trousse à pharmacie.

Entre-temps le chevalier et le capitaine sont montés sur le pont où ce dernier a interpellé le barreur qui était l'homme le plus gradé à bord.

— Monsieur Hands, a-t-il dit, nous sommes deux avec une paire de pistolets chacun. Si l'un d'entre vous fait un signal, quel qu'il soit, il est mort !

Ils ont été sérieusement déconcertés et, après un bref conciliabule, ils sont descendus précipitamment par le capot avant, dans l'idée de nous prendre à revers. Quand ils ont vu que Redruth les attendait et que la galerie était barrée, ils ont vite mis cap arrière et une tête est réapparue sur le pont.

— Restez en bas, chiens ! a crié le capitaine.

La tête a disparu de nouveau. Et, pendant un certain temps, nous n'avons plus entendu ces six marins au courage très mesuré.

À ce moment-là, en y jetant nos affaires comme elles venaient, nous avions chargé le canot autant qu'il semblait raisonnable. Joyce et moi sommes sortis par la poupe et nous sommes repartis pour le bord aussi vite que nos rames le permettaient.

Ce second voyage a passablement intrigué les gardes sur le rivage. *Lillibullero* s'est interrompu une nouvelle fois. Et juste avant que nous ne les perdions de vue derrière la courbure de la côte, un des hommes a sauté à terre et a disparu. J'ai failli changer mes plans et détruire les chaloupes mais j'ai craint que Silver et les autres ne soient à proximité et que tout ne soit perdu pour avoir voulu trop gagner.

Il ne nous a pas fallu longtemps pour toucher terre au même endroit que la première fois et transporter les provisions dans le fort. Nous avons fait le premier voyage tous les trois avec, chacun, un bon chargement que nous avons lancé par-dessus la palissade. En laissant Joyce pour les garder – il était seul, certes, mais avec une demi-douzaine de mousquets – Hunter et moi sommes retournés au canot prendre un nouveau chargement. Nous avons répété l'opération sans nous accorder un instant pour souffler jusqu'à ce que toute la cargaison se trouve transférée. À ce moment-là, les deux serviteurs ont pris position dans le fortin et moi, en tirant de toutes mes forces sur les rames, je suis revenu à l'*Hispaniola*.

Que nous ayons risqué un second voyage de transport semble plus audacieux que cela l'a été en réalité. Ils avaient l'avantage du nombre, certes, mais nous avions celui des armes. Aucun des hommes à terre n'avait de mousquet et, avant qu'ils arrivent assez près pour tirer au pistolet, nous devions pouvoir régler leur compte à une demi-douzaine d'entre eux, au bas mot.

Le chevalier m'attendait à la fenêtre de la poupe. Son moment de faiblesse avait complètement passé. Il a pris l'amarre, l'a attachée et nous nous sommes mis à charger le canot. Il y allait de nos vies. Du porc, de la poudre et des biscuits, telle était la cargaison avec seulement un mousquet et un sabre pour le chevalier, moi, Redruth et le capitaine. Le reste des armes et la poudre, nous l'avons envoyé par deux brasses et demie de fond. Nous avons pu voir le fer briller au soleil loin au-dessous de nous, sur le fond sablonneux.

À ce moment-là, la marée commençait à s'inverser pour devenir descendante et le bateau tournait autour de son ancre. On entendait des voix appeler du côté des chaloupes et même si cela nous rassurait sur le compte de Joyce et Hunter, qui se trouvaient plus à l'est, c'était le signe qu'il était temps d'y aller.

Redruth a fait retraite depuis la galerie pour sauter dans le canot que nous avons amené contre le bord, une position plus commode pour le capitaine Smollet.

— Hé, matelots ! a-t-il lancé, vous m'entendez ?

Pas de réponse depuis l'avant.

— Vous, Abraham Gray, c'est à vous que je parle !

Toujours pas de réponse.

— Gray ! a repris M. Smollett en élevant un peu la voix, je quitte ce navire et je vous ordonne de suivre votre capitaine ! Je sais que vous êtes un homme honnête, au fond, et j'ose ajouter qu'aucun de vous n'est aussi mauvais qu'il le prétend. J'ai ma montre à la main : je vous donne trente secondes pour me rejoindre !

Il a fait une pause.

— Venez, mon brave ! a continué le capitaine. Ne soyez pas aussi long à vous décider. Je risque ma vie et celle de ces excellents messieurs à chaque instant.

Soudain, il y a eu un bruit de bagarre, et Abraham Gray a surgi, la joue entaillée par un coup de couteau. Il a trotté vers le capitaine comme un chien qui répond à un coup de sifflet.

— Je suis avec vous, monsieur ! a-t-il dit.

L'instant d'après, lui et le capitaine se sont laissés glisser dans le canot et nous nous sommes éloignés à toute rame.

Nous avions quitté le bateau sans dommage mais nous n'étions pas encore à terre, dans le fortin.

17

Le dernier voyage du canot

Ce cinquième voyage est différent des autres. Le canot est surchargé : cinq hommes plus la poudre, le porc et les biscuits. À l'arrière, l'eau affleure le bord.

En plus, la marée descend : un fort courant hérissé de vaguelettes le pousse vers l'ouest à travers le mouillage, puis vers le sud, en direction du large.

— Je ne peux pas garder le cap sur le fortin ! s'écrie le docteur, qui est à la barre tandis que les autres rament.

— Il faut tenir ! réplique le capitaine. Le courant va bientôt mollir et nous pourrons alors longer la côte !

Il a raison. Bientôt le canot reprend sa progression vers le bord. Mais tout danger n'est pas passé.

— Le canon ! s'exclame soudain le capitaine.

Tout le monde, dans le canot, lève la tête.

Sur l'*Hispaniola*, les cinq mutins s'affairent autour du canon qu'ils ont libéré de sa bâche de protection.

— Israël était le canonnier de Flint ! dit Gray d'une voix étouffée par l'inquiétude.

Aussitôt, le docteur remet le cap droit sur le fortin, ce qui présente l'inconvénient d'offrir le côté du canot comme cible, et non plus son arrière.

— Monsieur Trelawney, demande le capitaine, vous qui êtes le meilleur tireur, voulez-vous, s'il vous plaît, m'abattre un de ces fieffés coquins ? Hands de préférence.

Le canot s'immobilise. Le chevalier épaule son mousquet et tire. Par manque de chance, Hands qui se trouve près de la gueule du canon se baisse au même moment. C'est un autre ruffian que la balle atteint.

Son cri de douleur est repris en écho sur la rive par la troupe des pirates qui sort des bois. Certains sautent aussitôt dans une des chaloupes, d'autres se mettent à courir pour faire le tour par le rivage et couper la route aux occupants du canot.

Sur l'*Hispaniola*, les mutins qui n'ont même pas accordé un regard à leur camarade tombé sont prêts à tirer de nouveau.

— Nagez en arrière ! crie le capitaine.

Le canon retentit presque au même instant. Le boulet passe au-dessus du canot mais son souffle suffit à le renverser : il sombre par l'arrière, très près du bord, heureusement. Ses cinq occupants en sont quittes pour un bon bain et gagnent le rivage en pataugeant.

Sauvés ? Pas encore ! Des voix se font entendre non loin de là. La demi-douzaine de pirates qui sont partis à travers bois est sur le point d'attaquer. Dans le fortin, Hunter et Joyce qu'on a laissés de garde auront assez de bon sens et de courage pour tenir ferme ?

Très inquiets à l'idée qu'ils pourraient se trouver coupés du fortin, le docteur et ses amis s'empressent de quitter le rivage, mécontents d'avoir perdu le petit canot et une précieuse quantité de poudre et de vivres.

18

Fin des combats du premier jour

Au moment où le docteur et ses amis atteignent la palissade par le côté sud, sept pirates, Job Anderson en tête, débouchent en hurlant de l'angle sud-ouest.

Aussitôt, le chevalier, le docteur, Hunter et Joyce font feu. L'un des assaillants tombe mort. Les autres font demi-tour et se mettent à couvert sous les arbres.

Un coup de pistolet éclate dans un buisson. Une balle siffle et Redruth, le vieux garde-chasse, s'écroule de tout son long sur le sable. Le docteur s'empresse de l'examiner et constate vite qu'il n'y a pas d'espoir de le sauver. On l'emporte néanmoins, gémissant et sanglant, par-dessus la palissade puis dans le fortin.

Le chevalier s'agenouille près de lui en pleurant.

— Alors je m'en vas, docteur ? dit le vieil homme.

— Redruth, dites-moi que vous me pardonnez, le supplie le chevalier.

— Est-ce que ce serait convenable, de moi à vous, monsieur ? répond-il. Mais peu importe ! Amen !

Sans un mot de plus, le fidèle serviteur expire.

Aussitôt après, le capitaine tire de ses poches un pavillon aux couleurs britanniques et un rouleau de cordelette. Avec l'aide de Hunter, il dresse un grand tronc de sapin dans un coin du fortin, grimpe sur le toit, hisse et déploie le pavillon.

Visiblement réconforté, il demande au docteur :

— Dans combien de semaines, le bateau de secours ?

— Ce n'est pas une question de semaines, hélas, mais de mois, répond le docteur.

— Alors notre salut est compromis. Pour la poudre et les balles, nous en avons assez. Mais nous avons perdu beaucoup de vivres et les rations seront très maigres...

Juste à ce moment, avec un bruit strident, un boulet passe au-dessus du toit et se perd dans le bois.

— Allez-y, mes amis ! s'écrie le capitaine. Faites comme si vous aviez beaucoup de poudre !

Le second essai est un peu meilleur, le boulet tombe à l'intérieur de l'enclos mais sans faire de dégâts.

— Capitaine, dit le chevalier, comme ils ne peuvent pas voir le fortin depuis le bateau, ils visent le pavillon. Ne serait-il pas plus sage de l'ôter ?

— Amener les couleurs ! s'écrie le capitaine. Jamais !

Et les tirs se poursuivent toute la soirée, tantôt trop longs, tantôt trop courts. Dans le fortin, on s'y habitue. Le capitaine s'assied pour remplir son journal de bord. De son côté, le docteur pense à Jim et s'inquiète pour lui quand un appel retentit à la lisière du bois.

— Quelqu'un nous hèle, dit Hunter qui est de garde.

— Docteur ! Chevalier ! Capitaine ! Hé ! ho ! Hunter, est-ce vous ? crie une voix.

Et tout le monde de courir à la porte pour voir Jim, sain et sauf, qui escalade la palissade.

19

La garnison dans le fortin

Un peu plus tôt, du côté de Jim...

En voyant flotter le pavillon, Ben Gunn s'arrête.

— Ce sont tes amis. Les voici dans le fortin construit jadis par Flint. Va ! Moi, j'attends d'avoir la parole de ton chevalier. N'oublie pas de lui dire : « Un riche coup » et aussi : « Benn Gunn a ses raisons ! » Quand on aura besoin de Ben Gunn, on le trouvera où tu m'as trou...

Il est interrompu par une détonation violente. Un boulet de canon, fracassant les branches, va s'enfoncer dans le sable à cinquante pas de l'endroit où ils se tiennent. À l'instant, ils s'enfuient, chacun de leur côté.

Une heure durant, l'île tremble sous les détonations. Puis le soir tombe. Vers l'embouchure de la rivière, un grand feu de camp s'allume sous les arbres. Entre ce point et le navire, une chaloupe fait la navette. Tout en maniant l'aviron, les hommes chantent comme des enfants. Mais à leurs voix, on comprend qu'ils ont bu.

À la fin, Jim décide de rejoindre le fortin. En longeant les bois, il atteint la palissade du côté du rivage et se voit chaleureusement accueilli par ses amis.

Il ne tarde pas à constater que le confort de la baraque en rondins est rudimentaire : le vent du soir siffle par les fissures et saupoudre le plancher d'une pluie continuelle de sable. Il y a du sable dans les yeux, entre les dents, au fond du chaudron du dîner. En plus, l'ouverture dans le toit qui sert de cheminée évacue mal la fumée. Les occupants du fortin toussent et larmoient.

La vie s'organise pourtant. Deux hommes sont de corvée de bois à brûler, deux autres creusent une fosse pour Redruth, le docteur cuisine et Jim garde la porte.

De temps à autre, le docteur vient discuter avec lui.

— Ce Ben Gunn est-il un homme fiable à ton avis ?

— Je ne suis pas sûr qu'il ait toute sa tête, répond Jim.

— S'il y a un doute, c'est qu'il l'a. Après trois ans

seul sur une île déserte, on ne peut pas paraître aussi sain d'esprit que toi et moi. Nous le verrons demain !

Avant le dîner, on enterre Redruth dans le sable. Son lard mangé avec des biscuits, chacun a droit à un bon verre de grog, puis vient le moment de faire le point.

— Les provisions sont si basses, dit le capitaine, que notre meilleur espoir est de tuer assez de ces brigands pour qu'ils décident de s'enfuir avec l'*Hispaniola*.

— De dix-neuf au début, ils sont déjà réduits à quinze dont deux blessés, ajoute le chevalier. Chaque fois que l'occasion se présentera, il faut faire feu sur eux.

— En outre, nous avons deux puissants alliés : le rhum et le climat, dit le docteur. Je parie ma perruque que la moitié d'entre eux sera malade avant huit jours.

Sur quoi, Jim, qui est mort de fatigue, va se coucher et dort comme un loir. Quand il rouvre l'œil, le lendemain matin, il entend une voix annoncer :

— Un parlementaire ! C'est Silver en personne !

20

L'ambassade de Silver

Deux hommes avancent vers le fortin. L'un agite un chiffon blanc, l'autre est Long John lui-même, l'air très calme. Il fait frais car il est tôt, si bien qu'ils sont enfoncés jusqu'aux genoux dans la brume blanche qui, le matin, couvre les terres basses.

— Qui va là ? crie le capitaine. Halte ! ou je tire.

— Drapeau parlementaire ! répond l'autre.

— Que voulez-vous ? demande le capitaine.

— C'est moi, monsieur. Ces pauvres diables m'ont pris comme chef après votre désertion...

— Je n'ai aucune envie de vous parler, sachez-le. Mais si vous y tenez, venez.

Silver jette sa béquille par-dessus la palissade, lance une jambe en l'air et, à force de vigueur et d'adresse, réussit à escalader la barrière et à retomber sans accident de l'autre côté. Après avoir bien peiné pour monter la pente, il s'assoit sur le sable près du capitaine.

— Vous nous avez joué un rude tour la nuit passée, cap'taine, commence-t-il. Remarquez, ça prendra pas une autre fois, tonnerre ! Nous montons la garde à présent.

— Ensuite ? dit le capitaine qui reste impassible.

Il ne le montre pas mais il n'a rien compris à que Silver vient de dire. Jim, si. Profitant de ce qu'ils étaient soûls, Ben Gunn a rendu visite aux boucaniers. Du coup, il ne reste plus que quatorze ennemis à combattre.

— Nous voulons le trésor, reprend Silver, et nous l'aurons, c'est notre point de vue. Vous, vous aimeriez sauver votre vie, c'est votre point de vue. Z'avez une carte, n'est-ce pas ? Et cette carte, on la veut. En fait, nos intentions ont jamais été de vous faire du mal.

— À d'autres, mon gaillard ! Nous savons exactement ce que vous vouliez faire de nous et nous nous en fichons bien parce que vous n'y arriverez pas.

Un moment les deux hommes restent en silence, le temps d'allumer les pipes et de tirer quelques bouffées.

— Allons, donnez-nous la carte, reprend Silver. Quand nous tiendrons le trésor, vous avez ma parole que nous partagerons les provisions et puis qu'après j'envoie le premier bateau que nous croisons pour vous ramasser sains et saufs dans l'île.

— Est-ce tout ce que vous avez à dire ?

— C'est mon dernier mot, tonnerre ! Refusez et vous parlerez plus qu'aux balles de nos mousquets !

— Parfait ! Voici ma proposition : venez ici sans armes et l'un après l'autre, tous tant que vous êtes. Je vous mettrai aux fers et vous ramènerai au pays pour y être jugés équitablement. Sinon, aussi vrai que je m'appelle Alexander Smollett, la prochaine fois que je vous rencontre, je vous mets une balle dans la peau.

Avec un juron, Silver se lève, clopine jusqu'à la palissade et, l'ayant franchie vaille que vaille, regagne le couvert avec le porteur du chiffon blanc.

21

L'attaque (récit continué par Jim)

Dès que Silver a disparu, le capitaine, qui l'avait sur-
veillé de près, s'est tourné vers l'intérieur du fortin.
Il n'y a trouvé personne à son poste, à l'exception de
Gray. Pour la première fois, nous l'avons vu en colère.

— À vos postes ! a-t-il rugi.

Et, tandis que nous reprenions piteusement nos
places :

— Gray, a-t-il ajouté, je noterai votre nom dans
le livre de bord : vous vous êtes tenu à votre devoir
en marin. Monsieur Trelawney, vous me surprenez
beaucoup. Et vous, docteur, je sais que vous avez
porté l'uniforme du roi ! Si c'est ainsi que vous avez
servi à Fontenoy, vous auriez mieux fait de rester
couché !

Les hommes de garde étaient tous revenus à leurs meurtrières et les autres s'activaient à charger les mousquets de réserve. Tout le monde était rouge et, vous pouvez en être sûr, dans ses petits souliers, comme on dit.

Le capitaine a regardé faire en silence.

— Messieurs, a-t-il dit au bout d'un moment, j'ai envoyé à Silver une bordée par le travers ! J'ai tiré à boulets rouges intentionnellement. Avant qu'une heure ait passé, nous serons attaqués. Ils sont plus nombreux, pas besoin de le dire, mais nous nous battons à couvert et, il y a encore un instant, j'aurais ajouté « avec discipline ». Pourtant, je n'en doute pas, nous pouvons leur donner la raclée si vous y mettez du vôtre !

Sur quoi il a fait sa ronde et il a constaté, comme il l'a dit, que tout était prêt.

Les deux petits côtés du fortin, à l'est et à l'ouest, comportaient seulement deux ouvertures. Au sud, où se trouvait le porche, il y en avait encore deux. Et au nord, cinq. Nous disposions d'une vingtaine de mousquets pour nous sept. Nous avions fait quatre piles du bois de chauffage – qui formaient des tables, en quelque sorte – une au milieu de chaque côté. Sur ces tables, des munitions et quatre mousquets chargés étaient à portée de main des défenseurs. Les sabres étaient rangés au centre de la pièce.

— Portez le feu dehors ! a dit le capitaine. La

154

fraîcheur du matin est passée et nous ne devons pas avoir de fumée dans les yeux !

M. Trelawney est sorti avec le panier en fer où nous avions fait le feu ; il a éteint les braises dans le sable.

— Hawkins n'a pas encore pris son petit-déjeuner, a continué le capitaine. Hawkins, sers-toi et regagne ton poste pour manger. Presse-toi, mon garçon, tu auras besoin de forces avant que tout soit fini. Hunter, servez donc une tournée d'eau-de-vie à tout le monde !

Et pendant que cela se faisait, il a complété son plan de défense dans sa tête.

— Docteur, a-t-il repris, vous garderez la porte. Veillez à ne pas vous exposer ; restez à couvert et tirez à travers le porche. Hunter, prenez le côté est. Joyce, vous vous mettez à l'ouest, mon garçon. Monsieur Trelawney, vous êtes le meilleur tireur. Avec Gray, prenez le nord, et les cinq meurtrières. C'est là qu'est le danger. S'ils arrivaient jusque-là pour nous tirer dessus par nos propres sabords, ça commencerait à sentir mauvais. Hawkins, ni toi ni moi ne sommes bons tireurs ; nous resterons à portée pour recharger et prêter main-forte.

Comme l'avait dit le capitaine, la fraîcheur était passée. Aussitôt que le soleil a atteint le sommet des arbres qui nous entouraient, il est tombé avec force sur la clairière et a eu vite fait de dissiper la brume. Bientôt le sable est devenu brûlant, la résine des rondins du fortin a commencé à fondre. On a mis bas vestes et manteaux, les cols se sont ouverts, les manches se sont retroussées jusqu'à l'épaule. Nous sommes demeurés là, chacun à son poste, à transpirer à cause de la canicule et de l'anxiété.

Une heure a passé.

— Qu'ils aillent se faire pendre ! a dit le capitaine. On s'ennuie comme par calme plat ! Gray, sifflez le vent !

Juste à ce moment-là sont venues les premières nouvelles de l'attaque.

— S'il vous plaît, monsieur, a dit Joyce, si je vois quelqu'un, dois-je faire feu ?

— C'est ce que je vous ai dit ! a crié le capitaine.

— Merci, monsieur, a répondu Joyce avec la même civilité tranquille.

Il ne s'est rien passé d'un moment mais la remarque nous a fait tendre l'oreille et plisser les yeux dans un regain d'attention – les tireurs tenaient leur arme prête, le capitaine, debout au milieu de nous, avait les lèvres serrées et la mine soucieuse.

Quelques secondes ont encore passé puis, brusquement, Joyce a épaulé son mousquet et fait feu.

La détonation s'était à peine tue que plusieurs autres lui ont répondu depuis l'extérieur. Elles sont venues de tous les côtés de la palissade en formant un chapelet plutôt qu'une salve, comme des oies à la file. Plusieurs balles ont touché le bâtiment mais aucune n'a atteint l'intérieur. Quand la fumée s'est dissipée, la petite forteresse et les bois à l'entour ont semblé aussi calmes et aussi déserts qu'avant. Pas un

156

rameau ne bougeait. Pas un reflet sur un canon de mousquet ne trahissait la présence d'ennemis.

— Avez-vous touché votre homme ? a demandé le capitaine.

— Non, monsieur, a répondu Joyce. Je crois que non.

— À part mouche, le mieux à faire est encore de dire la vérité, a marmonné le capitaine. Charge son arme, Hawkins ! Combien diriez-vous qu'ils étaient de votre côté, docteur ?

— Je le sais au juste, a dit le docteur Livesey. Trois coups de feu ont été tirés de ce côté-ci. J'ai vu trois éclairs : deux qui étaient voisins l'un de l'autre et un dernier est parti plus vers l'ouest.

— Trois ! a répété le capitaine. Et combien de votre côté, monsieur Trelawney ?

La réponse a été moins facile. Il en était venu un bon nombre de ce côté-là : sept d'après les comptes du chevalier, huit ou neuf au dire de Gray. À l'ouest et à l'est, un seul coup de feu avait été tiré. Il devenait donc clair que l'attaque serait menée depuis le nord et que, sur les autres côtés, nous n'aurions à souffrir que des simulacres d'hostilités. Mais le capitaine Smollett n'a pas voulu modifier son dispositif. Si les mutins parvenaient à franchir la palissade, a-t-il argumenté, ils pourraient s'emparer des meurtrières non protégées et nous abattraient comme des rats dans notre forteresse.

Ils ne nous ont guère laissé de répit pour y penser.

Avec de grands hourras, un petit nuage de pirates a soudain surgi des bois, du côté du nord, et a couru droit sur le fortin. Au même moment, de nouveaux tirs ont éclaté dans le sous-bois et une balle qui est entrée par la porte en sifflant a brisé le mousquet du docteur.

Les assaillants ont sauté la palissade avec autant d'agilité que des singes. Le chevalier et Gray ont tiré à deux reprises. Trois hommes sont tombés, un à l'intérieur de l'enclos, deux à l'extérieur. Mais, visiblement, l'un de ces derniers a eu peur plutôt qu'il n'a été blessé. Il s'est relevé aussitôt pour disparaître entre les arbres.

Deux avaient mordu la poussière, un avait fui et quatre avaient pris pied à l'intérieur de nos défenses. En même temps, depuis le sous-bois, sept ou huit autres qui, à l'évidence, disposaient chacun de plusieurs mousquets gardaient la baraque en rondins sous un feu aussi nourri qu'inefficace.

Les quatre attaquants ont couru droit devant eux vers le fortin en criant tandis que leurs complices, depuis le couvert des arbres, les encourageaient en criant aussi. Plusieurs coups ont bien été tirés mais, à cause de la précipitation des tireurs, pas un seul n'a semblé faire mouche. En un clin d'œil les quatre pirates ont escaladé la butte et nous sont tombés dessus.

La tête de Job Anderson, le premier maître, est apparue à la meurtrière du milieu.

— Tout le monde à l'abordage ! a-t-il rugi d'une voix de tonnerre.

Au même moment, un autre pirate a saisi le mousquet de Hunter par le canon, le lui a arraché des mains, l'a tiré à lui et, d'un coup terrible, a expédié le malheureux au sol, sans connaissance. En même temps, un autre a fait le tour du bâtiment en courant sans être touché puis il est apparu brusquement à la porte et s'est jeté sur le docteur avec son sabre d'abordage.

Notre situation s'était complètement inversée. Un peu plus tôt, nous tirions à couvert sur un ennemi exposé. À présent, c'était nous qui étions à découvert et incapables de rendre les coups.

La bâtisse en rondins était pleine de fumée, ce qui nous offrait une sûreté relative. Il y avait les cris et le désordre, les éclairs et les détonations des pistolets, ainsi qu'un grand gémissement qui a résonné à mes oreilles.

— Dehors ! mes amis ! Sortons et combattons-les à découvert. Aux sabres ! a crié le capitaine.

J'ai saisi un sabre dans la pile. Quelqu'un en a pris un autre au même moment et m'a fait une coupure sur les doigts que j'ai à peine sentie. J'ai franchi la porte en courant pour me retrouver dans la vive clarté du soleil. Quelqu'un était juste derrière moi, je ne savais pas qui. Le docteur poursuivait son assaillant vers le bas de la colline. Au moment où je l'ai aperçu, il l'a rattrapé, a rompu sa garde et l'a couché sur le dos avec une grande blessure en travers du visage.

— Faites le tour du fortin ! a crié le capitaine dont la voix, je l'ai entendue malgré le tohu-bohu, était changée.

Machinalement, j'ai obéi. J'ai pris vers l'est et, brandissant mon sabre, j'ai tourné le coin du fortin. Tout de suite après, je me suis trouvé face à Anderson. Il a poussé un rugissement et son sabre courbe s'est dressé au-dessus de ma tête, étincelant au soleil. Je n'ai pas eu le temps d'avoir peur. Le coup était encore en suspens que j'avais fait un bond sur le côté. Mon pied a perdu son appui dans le sable mou et je me suis mis à rouler le long de la pente.

Au moment où j'ai franchi la porte, les autres mutins escaladaient la palissade pour en finir avec nous. Un homme coiffé d'un bonnet rouge, un coutelas entre les dents, avait déjà une jambe de l'autre côté. À vrai dire, tout s'est déroulé si vite que, quand je me suis remis sur pied, nous en étions au même point, le pirate au bonnet rouge était toujours à mi-chemin, un autre passait la tête au-dessus de la palissade. Et pourtant, ce bref instant avait suffi pour que la bataille s'achève et que la victoire soit nôtre.

Gray, qui me suivait de près, avait frappé à mort le gros premier maître sans lui laisser le temps de reprendre l'équilibre après qu'il m'avait raté. Un autre avait été abattu à une meurtrière au moment où il allait tirer dans le fortin. Il agonisait, son pistolet encore fumant à la main. Un troisième, je l'avais

160

vu, avait été dépêché par le docteur. Des quatre qui avaient franchi la palissade, un seul n'avait pas eu son compte. Il avait abandonné son sabre sur le champ de bataille et était en train d'escalader la palissade dans l'autre sens, la peur de la mort sur lui.

— Feu ! Feu, dans le fortin ! a crié le capitaine. Et vous, les gars, revenez vite à couvert !

Ses propos sont restés sans effet. Personne n'a tiré et le quatrième assaillant a pu s'échapper et disparaître avec les autres dans les bois. En trois secondes, il n'est plus rien resté de ce furieux assaut sauf les cinq bandits qui étaient tombés, quatre à l'intérieur et un à l'extérieur de la palissade.

Le docteur, Gray et moi avons couru à toute allure nous mettre à l'abri. Les survivants ne seraient pas longs à retrouver leurs mousquets et, à tout moment, le feu pouvait reprendre.

Dans le fortin, la fumée s'était quelque peu dissipée et nous avons vu tout de suite à quel prix nous avions payé la victoire. Hunter gisait près de sa meurtrière, assommé. Joyce était couché près de la sienne ; une balle lui avait traversé la tête : plus jamais il ne bougerait. Enfin, le chevalier soutenait le capitaine ; ils étaient aussi pâles l'un que l'autre.

— Le capitaine est blessé, a dit M. Trelawney.

— Ont-ils filé ? a demandé M. Smollett.

— Tous ceux qui l'ont pu, vous pouvez en être certain. Mais il y en a cinq qui ne courront jamais plus !

— Cinq, s'est écrié le capitaine. Voilà qui est

mieux ! Cinq d'un côté et trois de l'autre, cela nous laisse à quatre contre neuf ! C'est un meilleur rapport de force que celui de départ. Nous étions à sept contre dix-neuf alors, ou, du moins, nous le pensions, ce qui est tout aussi dur à supporter.

Note de l'auteur : Les mutins ne sont bientôt plus restés qu'à huit car l'homme touché par M. Trelawney sur le bateau est mort ce même soir de sa blessure. Mais cela, Jim et ses amis l'ont su seulement plus tard.

CINQUIÈME PARTIE

Mon aventure en mer

22

Comment a commencé l'aventure de Jim en mer

Sur les huit hommes tombés pendant l'attaque, trois seulement respirent encore : le pirate abattu près de la meurtrière, Hunter et le capitaine. Et sur ces trois, les deux premiers ne se relèveront jamais. Quant au capitaine, ses blessures sont sérieuses mais ne mettent pas ses jours en danger : une balle lui a brisé l'épaule, une autre lui a déchiré le mollet.

Après déjeuner, à la surprise générale, le docteur prend son chapeau et ses pistolets et sort du fortin.

— Il va voir Ben Gunn ! devine Jim

Il fait terriblement chaud. L'air est irrespirable. Tout en faisant la vaisselle, Jim envie le docteur qui marche au frais, à l'ombre des arbres. Tout d'un coup, il lui vient une autre idée. En passant près du sac à biscuits, il s'en remplit les poches. Il s'empare ensuite d'une paire de pistolets, d'une corne de poudre et de balles.

Il va aller voir le coracle dont a parlé Ben Gunn. Une idée pas si folle, en fait, car disposer d'une embarcation peut s'avérer crucial le moment venu.

Pendant que les autres s'occupent du capitaine, Jim saute la palissade et s'enfonce dans le bois.

Il se dirige droit vers la côte est de l'île. Une fois arrivé au rivage où l'accueille le vent du large, il entreprend de longer la côte vers le sud jusqu'à parvenir en vue du mouillage.

Caché dans d'épais buissons, il observe la rade où, abrité du vent par l'îlot du Squelette, l'*Hispaniola* se reflète, le drapeau noir pendant à son mât.

Déjà le soleil disparaît derrière la Longue-vue. S'il veut trouver le coracle, Jim doit se dépêcher. Et de fait, le crépuscule est là quand il met la main dessus, dans sa cachette, derrière le gros rocher blanc.

De prime abord, Jim est déçu. Le coracle est très primitif d'allure et si petit qu'il a du mal à imaginer qu'il pourrait tenir dedans. Il y a pourtant un banc, un appuie-pied et une double rame pour le faire avancer.

Puisqu'il a trouvé ce qu'il cherchait, Jim devrait être satisfait. Seulement il a une autre idée. À son avis, les mutins veulent reprendre le large au plus tôt. Ce sera leur jouer un bon tour que de profiter de la nuit pour ramer jusqu'à l'*Hispaniola* et couper son amarre.

La nuit est désormais tout à fait noire. Sur l'île, on ne voit plus que deux lumières : celle du feu de camp que les boucaniers ont allumé dans le marais et la faible lueur qui marque l'emplacement de la goélette au milieu du mouillage.

Jim transporte le coracle jusqu'au bord du flot et le pose, quille en bas, sur la surface de l'eau.

23

La marée redescend

Le coracle – j'ai eu amplement l'occasion de m'en apercevoir avant de le quitter – était une embarcation très sûre pour quelqu'un de ma taille et de mon poids, bien flottable et tenant la mer. En même temps, c'était le bateau le plus irrégulier, le plus difficile à diriger qui soit. Quoi qu'on y fasse, il dérivait toujours plus qu'il n'allait droit, et tourner en rond était la manœuvre où il excellait. Même Ben Gunn avait admis qu'il était « délicat à manier tant qu'on ne le connaissait pas ».

C'est sûr, je ne le connaissais pas. Il a tourné dans toutes les directions sauf celle où je voulais aller. La plupart du temps, nous nous sommes tenus par le travers et, j'en suis sûr, je n'aurais jamais atteint le bateau sans la marée. Par chance, de n'importe quelle façon que je pagaie, elle m'emportait et l'*Hispaniola* se trouvait là, dans la passe, bien difficile à manquer.

Elle s'est d'abord dressée devant moi comme une simple tache noire plus sombre que la nuit. Puis ses mâts et sa coque ont pris forme et, très peu après (car plus je m'éloignais du bord, plus le courant se faisait violent), je me suis trouvé contre son amarre. Je l'ai saisie.

Elle était tendue comme la corde d'un arc et le courant était si fort que le bateau tournait sur son ancre. Tout autour de la coque, dans l'obscurité, les vaguelettes créées par le courant bouillonnaient et babillaient comme un torrent de montagne. Un coup de mon couteau, et l'*Hispaniola* s'en irait avec la marée.

Jusque-là, tout allait bien. Mais il m'est brusquement revenu à l'esprit qu'une amarre tendue, si on la coupe brusquement, est aussi dangereuse qu'un cheval qui rue. À dix contre un, si j'étais assez téméraire pour couper l'*Hispaniola* de son ancre, que moi et le coracle serions projetés hors de l'eau.

Cette idée m'a arrêté et, si la chance ne m'avait pas particulièrement favorisé, j'aurais dû en rester là de mon dessein. Seulement la brise qui avait commencé par souffler de sud-est et de sud avait tourné au sud-ouest à la tombée de la nuit. Alors que je réfléchissais, une bouffée de vent a pris l'*Hispaniola* et l'a poussée à contre-courant. À ma grande joie, j'ai senti l'amarre mollir et la main avec laquelle je m'y cramponnais s'est trouvée plongée dans l'eau.

Cela m'a fait me décider. J'ai sorti mon couteau, je l'ai ouvert avec les dents et, l'un après l'autre, j'ai coupé les torons du cordage jusque ce qu'il en reste seulement deux pour retenir le bateau. Puis, tranquillement, j'ai attendu le moment où, de nouveau, un souffle de vent ferait se détendre l'amarre.

Tout ce temps-là, j'avais entendu des bruits de voix venir de la cabine mais, à vrai dire, mon esprit était tellement occupé ailleurs que je n'y avais pas prêté attention. Comme je n'avais plus rien d'autre à faire, j'ai commencé à tendre l'oreille.

J'en ai reconnu une comme celle du quartier-maître Israël Hands, l'ancien canonnier de Flint. L'autre était, bien sûr, celle de mon ami au bonnet rouge. L'un et l'autre étaient, à l'évidence, sévèrement ivres mais ils continuaient de boire car, tandis que j'écoutais, l'un d'eux, avec un cri d'ivrogne, a ouvert la fenêtre de la poupe et a jeté quelque chose que j'ai deviné être une bouteille vide. Du reste, ils n'étaient pas seulement soûls. Ils étaient également furieux. Les jurons pleuvaient drus comme la grêle et, de temps à autre, me parvenaient des explosions de colère dont j'étais persuadé qu'elles se finiraient par des coups. À chaque fois, pourtant, la dispute passait ; les voix grognaient un peu plus bas pendant un temps jusqu'à ce que surgisse la crise suivante qui s'estompait aussi sans résultat.

Sur le rivage, je voyais la lueur du grand feu de

camp qui brûlait entre les arbres du bord. Quelqu'un chantait une vieille chanson de marin triste et monotone avec un trémolo et une pause à la fin de chaque vers et qui n'avait apparemment pas de fin sinon celle de la patience du chanteur. Je l'avais entendue plus d'une fois pendant le voyage et je me rappelais les paroles :

> « ... Avec un seul homm'd'équipage en vie,
> Quand à soixante-quinz'ils étaient partis ! »

J'ai pensé que c'était une chansonnette plutôt cruellement appropriée à une bande qui avait éprouvé de telles pertes le matin même. Mais, en fait, d'après ce que j'avais vu, ces boucaniers étaient aussi insensibles que la mer sur laquelle ils naviguaient.

La brise est revenue. La goélette s'est rapprochée dans l'ombre. J'ai senti l'amarre mollir de nouveau et, dans un ultime effort, j'ai coupé les derniers torons.

La brise n'avait que peu d'effet sur le coracle et j'ai presque instantanément été balayé contre l'avant de l'*Hispaniola*. En même temps, la goélette a commencé à pivoter sur son arrière pour se retourner complètement en travers du courant.

Je me suis activé comme un beau diable car je m'attendais à me retrouver à l'eau d'un moment à l'autre. Comme je ne parvenais pas à écarter le coracle de l'*Hispaniola*, je lui ai fait longer la coque, vers l'arrière. J'ai pu ainsi me dégager de ce périlleux voisinage et, au moment de donner une dernière impulsion, mes mains ont rencontré un mince filin qui pendait du bastingage de la proue. Je l'ai saisi.

Pourquoi ai-je agi ainsi, je ne saurais dire. D'instinct, sur le moment. Mais quand je l'ai eu en main et que j'ai constaté qu'il était bien arrimé, la curiosité a pris le dessus. J'ai décidé d'aller regarder par la fenêtre de la cabine.

J'ai halé le filin et, quand j'ai pensé que j'étais assez près, je me suis redressé à demi, en prenant un risque infini. J'ai pu ainsi apercevoir le plafond et une partie de l'intérieur de la cabine.

À ce moment-là, la goélette et son petit compagnon glissaient rapidement sur l'eau. Nous avions déjà atteint le niveau du feu de camp. Le navire, comme disent les marins, jasait fort car il coupait les innombrables vaguelettes avec un clapotis permanent. Avant de regarder par la fenêtre, je n'arrivais pas à comprendre pourquoi les gardiens du bateau ne s'étaient pas alarmés. Un coup d'œil à l'intérieur a suffi – j'ai juste osé un coup d'œil depuis mon embarcation instable. Il m'a permis de voir que Hands et son compagnon s'étaient empoignés dans une lutte à mort ; ils avaient chacun une main sur la gorge de l'autre.

Je me suis rassis sur le banc, pas trop tôt, car j'étais à deux doigts de chavirer. Je ne voyais plus rien d'autre que ces deux visages furieux et congestionnés qui se balançaient sous la lampe. J'ai fermé les yeux pour les laisser s'habituer de nouveau à l'obscurité.

À terre, l'incessante ballade s'était enfin terminée.

La compagnie rassemblée autour du feu avait pris en chœur la rengaine si souvent entendue : « À quinze sur le coffre du mort – Yo ho ho ! Et une bouteill'de rhum ! – L'alcool et le diable s'étaient chargés des autres – Yo ho ho ! Et une bouteill'de rhum ! »

Je pensais justement combien l'alcool et le diable étaient occupés dans la cabine de l'*Hispaniola* quand j'ai été surpris par un écart brutal du coracle. Au même moment, il a dévié fortement et a paru changer de direction. La vitesse, entre-temps, avait étrangement augmenté.

J'ai rouvert les yeux aussitôt. J'étais environné de petites vagues légèrement phosphorescentes qui déferlaient avec un bruit sec et cassant. L'*Hispaniola* elle-même, à quelques pas devant moi, qui continuait de m'entraîner dans son sillage, semblait infléchir sa course. Je voyais les mâts osciller dans la nuit. En regardant mieux, j'ai constaté qu'elle virait elle aussi au sud.

J'ai regardé par-dessus mon épaule et mon cœur a bondi dans ma poitrine. La lueur du feu de camp était là, juste derrière moi. Le courant avait obliqué à angle droit, emportant le grand bateau et le petit coracle qui dansait. De plus en plus vite, toujours clapotant, toujours jasant haut, il se précipitait à travers la passe, droit vers la haute mer.

Soudain, la goélette, devant moi, a fait une violente embardée en tournant de, peut-être, vingt degrés. Il y a eu un cri à bord, puis un autre. J'ai entendu des pas lourds escalader l'échelle du capot. J'ai su ainsi que les deux ivrognes avaient cessé de se battre et pris conscience de leur situation désastreuse.

Je me suis tapi au fond de mon misérable esquif et j'ai recommandé mon âme à son Créateur. À l'extrémité de la passe, j'en étais persuadé, nous allions tomber sur une barre de terribles brisants où tous mes ennuis se finiraient d'un coup. Et si, tant bien que mal, je pouvais accepter de mourir, je ne supportais pas de voir ma mort s'approcher.

J'ai dû rester prostré ainsi des heures durant, ballotté par les tourbillons, éclaboussé par des paquets de mer, sans cesser de penser que la mort m'attendait au prochain plongeon. Graduellement, pourtant, la lassitude a pris le dessus. Un engourdissement proche de la stupeur s'est emparé de mon esprit au milieu même de mes terreurs. Finalement le sommeil est venu. Dans le coracle secoué par la mer, je dormais en rêvant de chez moi et de ce vieil *Amiral Benbow*.

24

La croisière du coracle

Il fait grand jour quand Jim s'éveille, ballotté en tous sens au sud-ouest de l'Île au trésor. Constatant qu'il n'est qu'à un quart de mile du bord, il songe un moment à le rejoindre en pagayant. Mais non, il se fracasserait sur les rochers. Et puis d'étranges animaux semblables à d'énormes limaces qu'il aperçoit sur la côte finissent de le dissuader. Jim, qui n'a jamais vu de lions de mer auparavant, ignore qu'ils ne sont pas méchants !

Sa chance de salut, dès lors, réside dans le courant qui le pousse vers le nord et finira par le mener à cette plage qu'il a souvent vue tracée sur la carte.

Le vent et la houle qui vont dans le même sens amènent bientôt le coracle à hauteur du Cap des

Bois. Jim peut distinguer les cimes des arbres presque à portée de main. « Pas trop tôt ! » se dit-il car il commence à souffrir cruellement de la soif. Seulement, il a beau essayer de pagayer vers la terre, le courant est plus fort et l'emporte plus loin. Le petit bateau double le bout de l'île pour se trouver face à l'immensité de la mer. Cette fois, l'aventure risque de mal finir !

Non ! À un demi-mile devant se trouve l'*Hispaniola*. Elle a les voiles déployés, signe que les mutins contournent l'île pour rejoindre le mouillage. Jim comprend qu'ils vont le rattraper. Il s'en trouve soulagé et déçu, en même temps. Sauvé mais prisonnier !

À sa grande surprise, la goélette vire brusquement à l'ouest, puis se retrouve dans le lit du vent et, après un saut en arrière, reste sur place, les voiles frissonnantes.

« Bande de bras cassés ! songe Jim. Ils sont encore soûls comme des cachalots ! »

Devant lui, la goélette prend le vent, avance à bonne allure pendant un moment, s'arrête net et demeure un temps immobile. Puis le manège se répète. Et se répète encore. C'est clair, il n'y a plus personne à bord. Si Jim y monte, il pourra s'emparer du navire et le rendre à son capitaine ! Du coup, il s'emploie de toutes ses forces à pagayer vers l'*Hispaniola*.

Il n'en est plus qu'à une centaine de pas quand un coup de vent gonfle les voiles, fait bondir la goélette en avant, droit sur lui. En un instant, elle parcourt la distance qui la sépare du coracle. Le mât de beaupré passe au-dessus de la tête de Jim.

D'une main, il s'agrippe au gui[1] du foc[2] tout en posant le pied sur une boucle de cordage. Il se trouve ainsi suspendu, haletant, quand un triste craquement lui apprend que la goélette a heurté et brisé le coracle.

Voici Jim à bord de l'*Hispaniola*, sans plus aucune possibilité d'en repartir.

---

1. Pièce de bois à laquelle on attache la voile.
2. Voile triangulaire à l'avant du navire.

25

J'amène le pavillon noir

À peine avais-je pris position sur le beaupré qu'avec un bruit comparable à un coup de feu, le foc a battu et pris le vent sur le bord opposé. La goélette a tremblé jusqu'à la quille mais un instant plus tard, comme les autres voiles continuaient de prendre le vent, le foc est revenu en place et s'est mis à pendre, immobile.

J'avais manqué d'être précipité à l'eau. Sans perdre un instant, j'ai rampé le long du beaupré et j'ai plongé tête la première sur le pont.

J'étais sur le gaillard d'avant, du côté du vent, et la grand-voile, qui était gonflée, me cachait une portion de l'arrière du pont. Pas une âme en vue. La planche, qui n'avait pas été nettoyée depuis la mutinerie, portait plusieurs empreintes de pieds et une bouteille vide dont le goulot était brisé allait d'un côté et de l'autre dans les dalots comme quelque chose de vivant.

Soudain, l'*Hispaniola* est venue en plein vent. Les focs, derrière moi, ont craqué fort, le gouvernail a claqué, le bateau a sauté et secoué à en donner mal au cœur. Au même moment, le gui du grand mât s'est déplacé en grinçant, découvrant à mes yeux la partie arrière du pont.

Les deux gardiens étaient là. Bonnet Rouge, sur le dos, aussi raide qu'un piquet ; il avait les bras écartés comme sur une croix et on voyait ses dents entre ses lèvres écartées. Israël Hands était appuyé au bastingage, le menton contre la poitrine, les mains posées devant lui sur le pont, aussi blême, sous son hâle, qu'une chandelle de suif.

Pendant un moment, le bateau a continué de ruer et de faire des écarts comme un cheval vicieux, prenant le vent tantôt par un bord, tantôt par l'autre, pendant que le gui continuait d'aller et venir et que le grand mât grondait très fort à cause de la tension. Par intervalles, un nuage de fins embruns arrivait par-dessus le bastingage et l'avant tapait violemment contre la houle. Ce grand bateau avec tout son gréement se comportait encore plus mal que mon coracle artisanal mal bâti désormais parti par le fond.

À chaque embardée de la goélette, bonnet rouge glissait d'un côté ou d'un autre mais – et c'est horrible à raconter – ni sa position ni le grand sourire

qui découvrait ses dents n'étaient affectés par ce trai-
tement brutal. À chaque sursaut, aussi, Hands se
tassait sur lui-même et s'affalait sur le pont. Ses pieds
glissaient de plus en plus loin tandis que son corps
glissait vers la poupe. Progressivement, son visage
disparaissait à ma vue et, finalement, je n'ai plus rien
distingué qu'une oreille et le bout effiloché d'une
moustache.

J'ai alors remarqué qu'autour d'eux, le plancher
était éclaboussé de sang noir. J'ai commencé à penser
que, dans la fureur de l'ivresse, ils s'étaient
entre-tués.

J'observais la scène tout en m'interrogeant quand,
pendant un moment d'accalmie où le bateau est resté
immobile, Israël Hands s'est retourné et, en gémissant faiblement, s'est tortillé pour se remettre dans
la position où je l'avais vu au début. Ce gémissement,
qui trahissait de la douleur et de la faiblesse, et la
façon dont sa mâchoire pendait ouverte me sont allés
droit au cœur. Seulement, je me suis rappelé la
conversation que j'avais surprise dans la barrique de
pommes et toute pitié m'a quitté.

Je me suis avancé jusqu'au grand mât.

— Me voici à bord, monsieur Hands, ai-je dit
d'un ton ironique.

Il a promené son regard autour de lui mais il était
trop sonné pour montrer de la surprise. Tout ce qu'il
a pu faire a été de murmurer ces mots :

— De l'eau-de-vie !

Il m'est venu à l'esprit que je n'avais pas de temps

à perdre et, évitant le gui qui, une fois de plus, balayait le pont, j'ai couru jusqu'à l'échelle du capot pour descendre dans la cabine.

Le désordre que j'y ai trouvé dépassait l'imagination. Les serrures de tout ce qui fermait à clef avaient été brisées pour chercher la carte. Le sol était couvert de boue partout où les ruffians s'étaient assis pour boire ou pour discuter après avoir barboté dans les marais autour de leur camp. Les cloisons qui étaient peintes en blanc et ornées de baguettes dorées montraient tout un échantillon d'empreintes de mains sales. Des douzaines de bouteilles vides cliquetaient dans les coins au moindre mouvement du bateau. Un des livres de médecine du docteur était ouvert sur la table. La moitié des pages avait été arrachée, pour allumer les pipes, je suppose. Au milieu de tout ça, la lampe continuait de brûler en fumant, projetant une faible lueur brunâtre.

Je suis allé dans la réserve. Tous les tonneaux avaient disparu et un nombre étonnant de bouteilles avaient été vidées puis laissées sur place. À coup sûr, depuis le début de la mutinerie, pas un seul de ces hommes n'avait pu rester sobre un moment.

En farfouillant, j'ai trouvé un fond d'eau-de-vie dans une bouteille, pour Hands. Pour moi, j'ai pris des biscuits, des fruits au vinaigre, une grosse grappe de raisin et un morceau de fromage. Avec ça, je suis remonté sur le pont, j'ai déposé mes provisions derrière la barre du gouvernail, hors de portée du quartier-maître, puis je suis allé jusqu'à la réserve d'eau, à l'avant, où j'ai bu longuement. Alors, et seulement alors, j'ai donné son eau-de-vie à Hands.

Il a dû en boire un quart de pinte[1] avant d'ôter la bouteille de sa bouche.

— Ah, tonnerre ! a-t-il dit, j'avais besoin de ça !

J'étais déjà assis dans mon coin et j'avais commencé à manger.

— Sérieusement blessé ? ai-je demandé.

Il a grogné, ou plutôt, je pourrais dire, aboyé.

— Si ce docteur était à bord, a-t-il dit, j'irais bien dans une couple de jours. J'ai jamais de veine, tu vois, et c'est ça le problème avec moi. Ce tas de chiffons, là, l'est mort et bien mort, a-t-il ajouté en désignant l'homme au bonnet rouge. C'était même pas un marin, de toute façon. Et toi, d'où ce que tu peux bien sortir ?

— Eh bien ! ai-je dit, je suis venu prendre possession du navire, monsieur Hands. Et vous voudrez bien me considérer comme votre capitaine jusqu'à nouvel ordre.

Il m'a regardé méchamment mais n'a rien dit. Un peu de couleur revenait sur ses joues même s'il semblait toujours très mal en point et continuait de glisser et de s'affaler à chaque secousse du bateau.

— Au fait, ai-je continué, je ne peux pas continuer d'arborer ces couleurs, monsieur Hands, et, avec votre permission, je vais les amener. Mieux vaut pas de pavillon que celui-ci.

---

1. Une pinte équivaut à 57 centilitres.

Évitant une nouvelle fois le gui, j'ai couru jusqu'à la drisse[1]. J'ai amené leur maudit pavillon noir et je l'ai jeté par-dessus bord.

— Dieu protège le roi, ai-je crié en agitant mon bonnet. C'en est fini du capitaine Silver !

Il m'observait attentivement, l'air sournois. Il avait toujours le menton posé sur la poitrine.

— Je m'imagine, cap'taine Hawkins, a-t-il dit enfin, je m'imagine que t'aimerais bien revenir au rivage à présent. Suppose qu'on cause !

— Ça, oui ! j'aimerais, et de tout mon cœur, monsieur Hands ! ai-je dit. Je vous écoute !

Et je suis revenu à mon repas de bon appétit.

— Cet homme, a-t-il commencé en désignant le cadavre d'un mouvement de tête, – O'Brien, il s'appelait, un sale Irlandais – cet homme et moi, on a hissé les voiles pour ramener le bateau. Eh bien ! lui est mort maintenant – aussi mort qu'on peut l'être. Alors qui va piloter, je vois pas. À part que je te donne un coup de main, ce sera pas toi, je peux te le dire. Disons, tu m'apportes à manger, à boire et un bout d'écharpe ou de mouchoir pour colmater ma blessure, n'est-ce pas, et je t'indique comment le faire marcher. C'est régulier d'un bout à l'autre, à mon avis.

— Je vais vous dire, ai-je répondu, je ne retourne pas au mouillage du capitaine Kidd. Je veux rejoindre la baie du Nord et l'échouer là, tranquillement.

---

1. Ficelle permettant de hisser le pavillon en haut d'un mât.

— Sûr que tu feras ça ! s'est-il écrié. Je suis pas un maudit marin d'eau douce, après tout. Je vois les choses, pas vrai ? J'ai tenté ma chance et j'ai perdu et c'est pour toi que le vent souffle. La baie du Nord ? J'ai le choix, moi ? Je t'aiderais à la mener jusqu'à *Execution Dock*, mille tonnerres, s'il le fallait, je le ferais !

Il m'a semblé que cela avait un sens. Nous avons conclu notre marché sur-le-champ. En trois minutes, j'ai eu l'*Hispaniola* qui marchait vent arrière le long de la côte de l'Île au trésor avec un bon espoir de doubler la pointe Nord avant midi puis de redescendre vers la baie avant la marée haute. Nous pourrions alors échouer le bateau en toute sécurité puis attendre que la marée basse nous permette de rejoindre la terre.

J'ai attaché la barre et je suis descendu prendre dans mon coffre personnel un mouchoir de soie qui avait appartenu à ma mère. Hands s'en est servi, avec mon aide, à panser une blessure qu'il avait reçue à la cuisse et qui saignait. Après avoir mangé un petit peu et avalé une gorgée ou deux d'eau-de-vie, il a commencé à se remettre. Il s'est assis plus droit, a parlé plus fort et plus distinctement. Il redevenait un autre homme.

La brise nous servait admirablement. Nous allions sous le vent comme un oiseau, le rivage de l'île défilait et changeait de minute en minute. Nous avons laissé les hautes terres derrière nous pour longer une région plate et sablonneuse, chichement plantée de pins nains. Peu après, nous l'avons dépassée elle aussi et nous avons doublé la colline rocheuse qui forme le bout de l'île, au nord.

J'étais tout à fait ravi de mon commandement. Le beau temps ensoleillé et les paysages qui se succédaient sur le rivage me faisaient chaud au cœur. J'avais à ma disposition de l'eau en quantité et de bonnes choses à manger. La belle prise que je venais de faire avait apaisé ma conscience qui, jusqu'alors, me reprochait cruellement ma désertion. Je n'aurais, je crois, rien pu désirer de plus s'il n'y avait pas eu le regard narquois du quartier-maître qui ne me lâchait pas tandis que j'allais et venais sur le pont et ce sourire bizarre qui ne le quittait pas. C'était un sourire qui exprimait de la souffrance et de la faiblesse – le sourire d'un vieil homme hagard. Mais, en plus, il y avait un grain de dérision, une ombre de tricherie dans son expression, alors que, sournoisement, il n'en finissait pas de me regarder et de me regarder m'activer.

26

Israël Hands

Le vent continue d'être favorable en tournant à l'ouest, ce qui rend facile l'accès de l'*Hispaniola* à la baie Nord. Là, en suivant les conseils de Hands, Jim parvient à mettre la goélette en panne. Il ne reste plus qu'à attendre que la marée l'échoue en douceur.

Le soir venant, Jim et le maître d'équipage sont assis chacun de son côté, à prendre leur dîner, quand ce dernier, d'un air finaud, demande :

— Cap'tain Jim, ce serait gentil à toi de descendre à la cabine pour me chercher... heu... Le diable m'emporte, je n'arrive plus à trouver le nom ! Ah !... me chercher une bouteille de vin. Cette eau-de-vie est trop raide pour moi, vois-tu !

L'hésitation de Hands lui semblant aussi peu naturelle que sa soudaine préférence pour le vin, Jim comprend qu'il veut lui faire quitter le pont. Il s'empresse donc de descendre par le capot, court à l'avant, grimpe vivement l'échelle du gaillard, passe la tête par l'autre capot. Juste à temps pour voir Hands qui s'est traîné jusqu'à un gros rouleau de cordage prendre un couteau taché de sang et le cacher sous sa chemise.

Désormais sur ses gardes, Jim rapporte une bouteille de porto dont le pirate avale une copieuse lampée.

Vient le moment des ultimes manœuvres. Jim le sait, tant que leurs intérêts concordent, il n'a pas à se défier de Hands. Il lui obéit donc aveuglément.

— Viens au vent, mon gars ! crie Israël Hands.

Jim redresse le gouvernail. L'*Hispaniola* fait un dernier demi-tour pour s'avancer, lentement, proue en avant, vers le rivage plat et boisé.

Trop concentré, trop occupé à surveiller l'échouage par-dessus le bastingage, Jim a relâché sa surveillance. Et quand il se retourne, mis en alerte il ne sait trop par quoi, Hands est à quelques pas, son couteau à la main.

Leurs regards se croisent et chacun pousse un cri, Jim un hurlement de terreur, Hands un mugissement de taureau furieux qui charge.

En même temps, il s'élance en avant, agile malgré sa blessure. Jim lâche la barre. Tel un ressort, elle part violemment en avant et lui sauve la vie en frappant son agresseur en pleine poitrine. Jim s'éloigne un peu, tire un pistolet de sa poche, vise posément malgré Hands qui marche sur lui. Il presse la détente. Le chien s'abat. Ni éclair, ni détonation ! Le coup ne part pas. L'eau de mer a mouillé l'amorce !

Rarement Jim s'est vu en aussi mauvaise posture. Surtout, ne pas se laisser coincer à l'avant sinon c'en est fini de son séjour de ce côté-ci de l'éternité. La main sur le grand mât, le cœur battant à se rompre, il attend que Hands vienne assez près pour repartir en courant dans l'autre sens quand l'*Hispaniola* touche le fond, s'arrête net et se couche sur le côté, par bâbord.

Le choc projette l'un sur l'autre le poursuivant et le poursuivi tandis qu'une masse d'eau balaie le pont.

Jim se relève le premier. Mais courir sur le pont est devenu impossible. Sans hésiter, il saute dans les haubans du grand mât et grimpe, grimpe, jusqu'à pouvoir s'asseoir sur la barre du perroquet.

Profitant de l'avance qu'il a prise sur son ennemi, Jim réamorce ses pistolets et les charge de frais.

— Un pas de plus, monsieur Hands, et je vous brûle la cervelle ! peut-il lancer au quartier-maître qui, son couteau entre les dents, a entrepris l'ascension du grand mât à son tour.

Du coup, l'autre s'arrête et, après un moment d'hésitation, ôte le couteau de sa bouche, pour répondre.

— Jim, mon gars, on est mal engagés tous les deux. Me semble qu'il vaut mieux qu'on fasse la paix. Je reconnais que t'es le plus fort et, crois bien que c'est pas facile pour un vieux matelot comme moi de rendre les armes à un moussaillon de ton espèce.

Il n'a pas fini de parler que quelque chose chante dans l'air. Jim qui, un instant plus tôt, était fier comme un coq de sa victoire sent un choc, une douleur aiguë et se trouve cloué au mât par l'épaule. Sous l'effet de la souffrance autant que de la surprise, il fait feu, des deux pistolets en même temps qu'ils lui échappent des mains. Ils ne tombent pas seuls. Avec un cri étouffé, le quartier-maître lâche sa prise et plonge dans l'eau la tête la première.

27

Pièces de huit

Comme le bateau s'inclinait sur un bord, une bonne partie des mâts surplombait l'eau et, depuis mon perchoir, je n'avais rien que la surface de la baie au-dessous de moi. Hands, qui n'était pas aussi haut et se trouvait donc plus près du bateau, est tombé entre moi et le bastingage. Il est remonté une fois à la surface dans un bouillonnement de bulles et de sang, puis il a coulé pour de bon. Quand les remous se sont calmés, j'ai pu le voir, recroquevillé sur le sable clair et luisant, dans l'ombre du navire. Un poisson ou deux sont passés prestement près de lui. Par moments, à cause du tremblement de l'eau, on aurait dit qu'il bougeait un peu, comme s'il essayait de se relever. Mais il était mort, pour de bon, à la fois tué par balle et noyé. Il était désormais de la nourriture pour les poissons à l'endroit même qu'il avait choisi pour m'assassiner.

Je n'en ai pas plus tôt été persuadé que je me suis senti malade, faible et terrifié. Du sang chaud coulait sur mon dos et sur ma poitrine. Le poignard, à l'endroit où il avait épinglé mon épaule au mât, me brûlait comme un fer rouge. Ce n'était pas tant ces douleurs physiques qui provoquaient mon désarroi. Celles-là, me semblait-il, je pourrais les supporter sans un murmure. C'était l'horreur que me causait l'idée que je pourrais tomber du mât dans cette eau verte immobile, à côté du cadavre du quartier-maître.

Je me cramponnais des deux mains à m'en faire mal aux ongles et je fermais les yeux, comme pour me dissimuler le péril. Graduellement, du courage m'est revenu, mon pouls a ralenti pour battre à un rythme plus naturel et je me suis retrouvé maître de moi-même.

J'ai d'abord songé à arracher le poignard mais soit qu'il était planté trop profond, soit que mes nerfs m'aient trahi, j'y ai renoncé en frissonnant. Assez bizarrement, ce frisson a fait le travail. En fait, la lame m'avait presque manqué : elle ne me retenait que par un petit bout de peau que le frisson a suffi à déchirer. Bien sûr, le sang a coulé plus abondamment mais j'étais de nouveau libre de mes mouvements, épinglé que j'étais au mât seulement par ma veste et ma chemise.

Je les ai déchirées d'un mouvement brusque et j'ai

194

regagné le pont par les cordages de tribord. Pour rien au monde je ne me serais aventuré, choqué comme je l'étais, sur ceux de bâbord d'où Israël venait de tomber.

Une fois en bas, je me suis occupé comme j'ai pu de ma blessure. Elle faisait mal et saignait encore un peu mais n'était ni profonde ni dangereuse. Elle ne me gênait pas beaucoup non plus quand j'utilisais mon bras. Ensuite, j'ai regardé autour de moi. Le bateau était désormais mien, dans un certain sens. J'ai eu envie de le débarrasser de son dernier passager, le mort, O'Brien.

Il avait glissé, comme je l'ai dit, contre le bastingage où il gisait comme une espèce d'horrible mannequin grotesque, de la taille d'un homme vivant, certes, mais bien loin de présenter les couleurs ou la joliesse du vivant. Vu sa position, il me serait facile d'en venir à bout. La succession des événements tragiques avait fait disparaître chez moi toute terreur vis-à-vis des morts. Je l'ai pris par le revers comme s'il s'était agi d'un sac d'avoine et, d'une bonne poussée, je l'ai fait basculer par-dessus bord. Il a disparu dans un bruit de plongeon et seul son bonnet rouge est resté à flotter sur l'eau. Quand les remous se sont apaisés, je les ai vus, lui et Israël, couchés côte à côte, tremblant légèrement au gré des mouvements de la mer. O'Brien, bien qu'encore jeune, n'avait plus un cheveu. Il était là, sa tête chauve sur les genoux de celui qui l'avait tué tandis que des poissons nageaient vivement de-ci de-là, au-dessus d'eux.

J'étais seul sur le bateau. La marée venait de s'inverser. Le soleil était si près de se coucher que les ombres des pins de la rive occidentale tombaient sur le mouillage en dessinant des formes sombres sur le pont. La brise du soir s'était levée et même si l'ancrage était bien protégé, à l'est, par la colline avec les deux pitons, le cordage commençait à chanter doucement et les voiles, qui pendaient, à claquer de temps à autre.

J'ai commencé à comprendre que le bateau était en danger. Je me suis empressé d'amener les focs sur le pont mais pour la grand-voile, c'était une autre affaire. Quand la goélette s'était inclinée, le gui s'était déporté au-delà du bord. Sa pointe et un pied ou deux de voile trempaient dans l'eau. J'ai pensé que cela rendait la situation encore plus dangereuse mais la tension était si grande que j'avais un peu peur d'intervenir. Finalement, j'ai tiré mon couteau et j'ai coupé des cordages. Le gui d'artimon est tombé instantanément et un gros ventre mou de voiles s'est étalé sur l'eau. Après quoi, j'ai eu beau tirer, je n'ai pas pu bouger le hale-bas[1]. C'était tout ce que je pouvais faire. Pour le reste, l'*Hispaniola*, comme moi-même, devrait s'en remettre à la chance.

À ce moment-là, l'ombre avait envahi tout le mouillage – les derniers rayons du soleil, je m'en souviens, passaient à travers une éclaircie dans les bois et brillaient comme des bijoux sur le manteau

---

1. Instrument servant à tirer les voiles vers le bas.

fleuri de l'épave. Il commençait à faire frais. La marée descendait rapidement vers la mer et la goélette penchait de plus en plus sur son flanc.

J'ai rampé jusqu'à l'avant et j'ai regardé devant moi. L'eau semblait peu profonde. En tenant l'amarre que j'avais coupée à deux mains, je me suis laissé glisser doucement par-dessus bord. L'eau m'arrivait à peine à la taille. Le sable était ferme et couvert de ridules. Je me suis dirigé vers la terre, très content de moi, en laissant l'*Hispaniola* couchée sur le côté, avec sa grand-voile qui s'étalait largement sur la baie. À ce même moment, le soleil a disparu et la brise a sifflé tout bas dans le crépuscule parmi les pins qu'elle agitait.

Au moins, et enfin, j'avais quitté la mer et je n'en revenais pas les mains vides. La goélette attendait là, débarrassée des boucaniers et prête à accueillir nos hommes pour reprendre le large. Rien ne me plaisait plus que l'idée de revenir au fortin et de m'y vanter de mes succès. Je risquais peut-être de m'entendre reprocher mon équipée mais la capture de l'*Hispaniola* était une réponse incontestable aux critiques, et j'espérais que le capitaine Smollett lui-même admettrait que je n'avais pas perdu mon temps.

Dans cet état d'esprit et rempli d'optimisme, je me suis mis en chemin vers le fortin et mes compagnons. Des deux rivières qui se jetaient dans le mouillage du capitaine Kidd, celle située la plus à l'est, je m'en souvenais, coulait depuis la colline aux deux pitons, sur ma gauche. J'ai pris cette direction pour la passer tant qu'elle était petite. Les bois n'étaient pas épais. En progressant le long des premières pentes, j'ai eu vite fait de contourner la colline et, peu après, j'ai franchi la rivière en question à gué.

Cela m'a mené près de l'endroit où j'avais rencontré Ben Gunn, le marron. J'ai continué avec plus de circonspection, en regardant de tous les côtés. Le crépuscule s'était fait nuit noire et, en explorant du regard un vallon entre deux hauteurs, j'ai discerné une petite lueur à l'endroit où, ai-je pensé, l'homme de l'île faisait cuire son dîner devant un bon feu. Je me suis tout de même étonné en mon for intérieur qu'il se montre aussi imprudent. Car si je pouvais la voir, ne risquait-elle pas d'être aperçue aussi par Silver depuis l'endroit où il campait, dans les marais, près du rivage ?

Graduellement, la nuit est devenue plus sombre. Tout ce que j'ai pu faire a été de continuer approximativement vers ma destination. La colline aux deux pitons derrière moi et la Longue-vue à ma droite paraissaient de plus en plus indistinctes. Les étoiles étaient pâles et rares. Je n'arrêtais pas de trébucher dans des buissons ou de rouler dans des trous de sable.

Soudain, une sorte de clarté m'est tombée dessus. J'ai levé la tête. Un pâle clair de lune illuminait faiblement le sommet de la Longue-vue. Peu après, j'ai vu quelque chose de large et d'argenté qui apparaissait, très bas, derrière les arbres. J'ai su que la lune se levait.

Grâce à ce renfort, j'ai parcouru rapidement ce qu'il restait à faire de mon trajet, parfois marchant, parfois courant, et, plein d'impatience, je suis arrivé à proximité du fortin. Au moment d'entrer dans le bosquet qui s'étendait juste devant, cependant, je n'ai pas été étourdi au point de ne pas ralentir l'allure et d'avancer plus prudemment. Quelle triste fin pour mes aventures que d'être abattu par erreur par quelqu'un de mon propre camp !

La lune montait dans le ciel. Sa clarté commençait à tomber largement ici et là sur les parties du bois les plus dégagées. Juste devant moi, une lueur d'une couleur différente apparaissait parmi les arbres. C'était rouge et chaud et, de temps en temps, un peu plus sombre – comme s'il s'agissait des braises encore ardentes d'un feu de camp.

Sur ma vie, je n'arrivais pas à comprendre de quoi il s'agissait.

Je suis finalement parvenu à la limite de la clairière. La partie à l'ouest était déjà inondée par la lumière de la lune. Le reste, y compris le fortin lui-même, se trouvait encore dans une ombre épaisse que quadrillaient des éclats de lumière argentée. De l'autre côté du bâtiment, un immense feu était réduit à l'état de braises brillantes et projetait une lueur rouge vif qui contrastait avec la douce pâleur de la lune. Pas une âme ne bougeait. Pas un bruit, non plus, sauf ceux du vent.

Je me suis arrêté avec, au cœur, beaucoup d'étonnement et, peut-être, un peu de crainte, aussi. Il n'était pas dans nos habitudes de bâtir de grands feux. Nous étions même, sur ordre du capitaine, très économes du bois à brûler. J'ai commencé à craindre que quelque chose ait mal tourné pendant mon absence.

J'ai gagné le côté est en restant caché dans l'ombre et, à l'endroit le plus propice, là où l'obscurité était la plus épaisse, j'ai franchi la palissade.

Pour plus de sûreté, je me suis mis à quatre pattes et j'ai progressé ainsi, sans un bruit, jusqu'à l'angle du fortin. Alors que j'approchais, je me suis senti brusquement et grandement soulagé. Ce n'est pas un bruit agréable en soi et je m'en suis souvent plaint en d'autres occasions mais, à ce moment-là, entendre mes amis ronfler à l'unisson si fort et si paisiblement dans leur sommeil a été comme de la musique. Le cri de la vigie en mer, le « Tout va bien ! » n'a jamais sonné plus rassurant à mes oreilles.

En tout cas, un fait était hors de doute : ils surveillaient le camp de façon déplorable. Si Silver et ses gars avaient été à ma place, pas un de mes amis n'aurait revu le jour. C'étaient les conséquences, ai-je pensé, de la blessure du capitaine. Et une fois encore je m'en suis amèrement voulu de les avoir laissés, en plein danger, aussi peu nombreux pour monter la garde

J'étais arrivé à la porte ; je me suis remis debout. Tout était noir à l'intérieur si bien que je n'ai rien pu voir. Pour les sons, il y avait le bourdonnement puissant des ronfleurs et un petit bruit de temps à autre, un froissement de plumes ou un coup de bec, que je ne parvenais à m'expliquer en aucune manière.

Les bras en avant, je suis entré doucement. J'allais me coucher à ma place, ai-je pensé en riant sous cape, et voir leurs têtes quand ils me trouveraient, le lendemain matin.

Mon pied a heurté quelque chose de mou – c'était la jambe d'un dormeur. Il s'est tourné en grognant mais sans se réveiller.

Et, tout d'un coup, une voix aiguë a retenti dans les ténèbres :

— Pièces de huit ! Pièces de huit ! Pièces de huit ! Pièces de huit ! Pièces de huit !

Et ainsi de suite, sans une pause ni un changement de ton, comme le tic-tac d'un petit moulin.

Le perroquet vert de Silver, Cap'tain Flint ! C'était lui que j'avais entendu becqueter son perchoir. C'était lui qui, meilleure sentinelle que n'importe quel humain, prévenait de mon arrivée avec son refrain si pénible.

Je n'ai pas eu le temps de me ressaisir. Aux cris perçants du perroquet, les dormeurs se sont éveillés et ont bondi sur leurs pieds. Avec un puissant juron, la voix de Silver a crié :

— Qui va là ?

Je me suis retourné pour m'enfuir et je me suis cogné violemment dans quelqu'un. J'ai reculé pour courir droit dans les bras d'un second qui, lui, m'a saisi et m'a tenu fermement.

— Apporte une torche, Dick, a dit Silver quand ma capture a été certaine.

Un des hommes est sorti du fortin et, presque aussitôt, est rentré avec une branche enflammée.

SIXIÈME PARTIE

Capitaine Silver

28

Dans le camp ennemi

La lueur du brandon révèle à Jim que ses pires craintes sont devenues réalité : les pirates sont maîtres des lieux et des provisions. Mais s'il y a le tonnelet d'eau-de-vie, le porc et les biscuits, on ne voit pas de prisonniers. Jim en déduit que ses amis ont péri, d'où son remord de n'avoir pas été là pour mourir avec eux.

Les boucaniers sont six, en tout et pour tout. Cinq sont debout. Un autre, très pâle, a pu seulement se soulever sur son coude. Silver lui-même, son perroquet sur l'épaule, semble moins fringant qu'auparavant.

— Tiens, Jim Hawkins ! dit-il. Quelle surprise tu fais au vieux John ! Je peux dire que, dès le début, je t'ai pris pour un malin, mais là tu me lessives...

Tant bien que mal, Jim cache son désarroi.

— Enfin, pisque t'es ici... reprend Silver. Moi, j'ai toujours eu envie de t'avoir avec nous. Et là, t'as plus le choix. Le capitaine, tu sais comme il est sec sur la discipline, alors un conseil : l'approche pas. Même le docteur est fâché à mort : « canaille, ingrat », il a dit de toi. Tu vois, tu peux plus revenir avec eux. Te reste qu'à te joindre au cap'taine Silver.

« Jusque-là, tout va bien, mes amis sont vivants ! » songe Jim, enfin soulagé. Il demande :

— Avant de répondre, il me faut savoir ce qu'il se passe, pourquoi vous êtes ici et où sont mes amis.

— Hier matin, monsieur Hawkins, répond Silver, le docteur est descendu avec un drapeau blanc. « Vous êtes cuits », il m'a dit, « le bateau est parti ». Nous l'avions pas remarqué et, mille tonnerres, c'était vrai : le vieux rafiot avait parti ! Alors nous avons traité et voilà où on en est : les provisions, l'eau-de-vie, la baraque et tout. Eux, ils sont partis. Et j'ai pas idée où.

— C'est tout ? demande Jim.

— C'est tout, dit Silver. À présent, faut choisir.

— Avant, il y a une chose ou deux que je veux dire. La première, c'est que vous êtes mal barrés – le bateau est perdu, le trésor est perdu, vos amis sont morts.

Jim sent une étrange excitation le pousser.

— Et si vous voulez savoir à qui vous devez tout ça – eh bien, c'est à moi ! J'ai entendu votre conversation, John, avec Dick Johnson et Israël Hands, et j'ai tout répété. Pour la goélette, c'est moi qui ai coupé l'amarre. J'ai tué les hommes que vous aviez laissés à bord et j'ai amené le bateau là où vous ne le reverrez pas ! C'est à moi de rire : depuis le début, j'ai le dessus, et j'ai pas plus peur de vous que d'une mouche. Tuez-moi si vous voulez, ou épargnez-moi. J'ajouterai une chose : quand vous passerez en jugement, je ferai mon possible pour vous sauver. À vous de choisir : tuer une fois de plus et ne pas arranger vos affaires ou m'épargner, en me gardant comme témoin, et vous sauver de la corde.

Jim s'arrête, hors de souffle. Les pirates, médusés, ne réagissent pas tout de suite. Puis :

— C'est aussi lui qu'il a reconnu Chien Noir à la Longue-vue, finit par dire le vieux Morgan.

— Et qui a volé la carte du vieux Bill, dit Silver. En fait, nous avons toujours dérapé sur Jim Hawkins !

— Alors, à mort ! dit Morgan en ouvrant son couteau.

— Bas les pattes ! crie Silver. Qui tu crois que t'es, Tom Morgan ? Tu te prends peut-être pour le cap'taine ici ! Mais, mille tonnerres, je vais te mettre au parfum ! T'apprendras à pas me contrarier ou alors je t'envoie là où beaucoup sont allés depuis ces trente dernières années ! Tu peux me faire confiance, Tom Morgan.

— Pourtant, l'a raison, Morgan, dit un des boucaniers.

— J'ai supporté qu'on me bouxule assez longtemps, dit un autre. Alors que je sois pendu si je me laisse bouxuler par toi, John

— Ah ? dit Silver. Qui veut sortir avec moi, au couteau ? Personne ? Alors faudra m'obéir. Et laisser ce garçon tranquille. Il me plaît à moi. C'est davantage un marin que n'importe quel rat dans votre genre.

— Tu parles bien, Silver, dit un des pirates qui s'est tu jusqu'alors. Mais tu joues un peu trop au malin. Cet équipage a des droits, lui aussi, en particulier le droit de sortir pour délibérer, pas vrai ? Alors moi je sors !

— Conseil de gaillard d'avant ! crie Morgan.

Et les boucaniers sortent ensemble du fortin.

29

À nouveau la tache noire

Le conseil des boucaniers durait depuis quelque temps quand l'un d'entre eux est rentré dans le fortin et, en répétant le même salut qui, à mes yeux, avait quelque chose d'ironique, a demandé qu'on lui prête une torche un moment. Silver a acquiescé et l'émissaire s'est retiré en nous laissant tous les deux dans le noir.

— Le vent se lève, Jim, a dit Silver qui, à ce moment-là, avait adopté un ton plutôt amical et familier.

Je me suis tourné vers la meurtrière la plus proche et j'ai regardé dehors. Le grand feu avait fini de se consumer ; les braises luisaient si faiblement que j'ai compris pourquoi les conspirateurs avaient besoin d'une torche. Ils s'étaient regroupés à peu près à mi-pente. L'un d'eux tenait la torche, un autre était à genoux, au milieu, et j'ai vu la lame d'un couteau briller dans sa main en prenant différentes teintes selon que la lune ou la torche l'éclairait. Les autres se tenaient un peu penchés, comme s'ils observaient les faits et gestes de celui qui était agenouillé. J'ai juste pu voir qu'il avait un livre à la main, en plus du couteau, et je me demandais encore comment quelque chose d'aussi incongru pouvait être en leur possession quand il s'est relevé. Tout le groupe s'est alors dirigé vers le fortin.

— Les voilà ! ai-je crié tout en revenant prendre ma place car il me semblait au-dessous de ma dignité qu'ils me trouvent en train de les épier.

— Eh bien ! Qu'ils viennent, fiston ! a dit Silver joyeusement, qu'ils viennent ! J'ai encore une cartouche en magasin.

La porte s'est ouverte. Les cinq hommes se sont regroupés sitôt passé le seuil avant de pousser l'un des leurs en avant. Dans d'autres circonstances, j'aurais trouvé la scène comique, de le voir avancer lentement, hésiter à poser un pied devant l'autre tout en tenant son bras droit tendu, le poing fermé.

— Approche, mon gars, a crié Silver, je te mangerai pas ! Donne-la-moi, marin d'eau douce ! Je connais les règles, fais-moi confiance, je ferai pas de mal à un embrassadeur !

Ainsi encouragé, le boucanier s'est avancé plus vite. Après avoir fait passer quelque chose à Silver de la main à la main, il est reparti encore plus rapidement rejoindre ses compagnons.

Le coq a regardé ce qu'il lui avait remis.

— La tache noire, comme je pensais, a-t-il observé. Où ce que vous avez bien pu trouver le papier ? Regardez-moi ça ! Pas de chance, les gars ! Vous l'avez coupé dans une bible ! Quel idiot a déchiré une bible ?

— Et voilà ! a dit Morgan. Qu'est-ce que je disais ? Que ça donnerait rien de bon, c'est ce que je disais !

— Ben, votre sort est réglé à présent, a poursuivi Silver. Vous vous ferez tous pendre, ça fait pas un pli. Quel marin d'eau douce à tête molle avait une bible ?

— C'était Dick, a répondu quelqu'un..

— Dick c'était ? Alors Dick doit faire ses prières, a dit Silver. Il peut dire adieu à la chance en bas ce monde, vous pouvez me faire confiance.

À ce moment-là, un des hommes, un grand avec des yeux jaunes, s'est mêlé de la discussion :

— Ferme ça, John Silver, a-t-il dit. Cet équipage qui s'est réuni en conseil t'a collé la tache noire comme de bien entendu. Retourne-la, comme de bien entendu, et regarde ce qu'il y a d'écrit. Après tu pourras parler !

— Merci bien, Georges, a répondu le coq. T'es toujours allé vite en besogne et tu sais les règles tellement par cœur, Georges, que ça fait plaisir à voir. Eh bien, voyons ce que c'est ! Ah ! « Déposé »... C'est ça, n'est-ce pas ? Très joliment écrit, on jurerait que c'est imprimé. Ton écriture, Georges ? Eh bien ! t'es en train de devenir un vrai chef dans cet équipage. Sois gentil, rends-moi la torche, ma pipe tire pas !

— Arrête ça, a dit Georges. T'amuseras pas les hommes plus longtemps. D'accord, t'es un marrant, à ta façon. Mais t'es cuit maintenant. Et tu devrais peut-être mieux descendre de ce tonneau pour participer au vote.

— Il me semblait que t'avais dit que tu connais les règles, a répliqué Silver avec dédain. Alors si tu les connais pas, moi si. J'attends ici – je suis toujours votre capitaine, vous voyez – le temps que vous déballez vos plaintes et ensuite je leur réponds. Entre-temps, votre tache noire, elle vaut pas un biscuit. Après, on verra !

— Ho ! a répondu Georges, t'as pas besoin d'avoir aucune appréhension ! Nous, on est réglo. D'abord, t'as complètement bousillé ce voyage – tu serais culotté de dire le contraire. Deux, t'as laissé l'ennemi sortir de ce piège à rat sans raison. Pourquoi qu'ils voulaient sortir, j'en sais rien, mais c'est clair qu'ils voulaient sortir. Trois, tu nous as pas laissés leur tomber dessus quand ils s'en allaient. Mais on te voit venir, John Silver, tu joues double jeu ! Et quatre, y a ce garçon qu'est là !

— C'est tout ? a demandé Silver tranquillement.

— C'est déjà pas mal ! a répliqué Georges. Vu qu'on ira tous pendre et sécher au bout d'une corde à cause de tes bêtises !

212

— Bon, maintenant, regardez-moi. Je vais répondre à vos quatre points. L'un après l'autre, j'y réponds. J'ai bousillé le voyage, hein ? Eh bien ! vous savez tous ce que je voulais et si on avait fait ce que je voulais, on serait à bord de l'*Hispaniola* ce soir comme les autres soirs, tous les hommes seraient en vie, et en forme, et gavés de bon pouding, et avec le trésor à bord, mille tonnerres ! Mais qui m'a contrarié ? Qui m'a forcé la main alors que j'étais le capitaine en règle ? Qui m'a collé la tache noire quand on a débarqué et a commencé cette danse ? Ah ! vous parlez d'une belle danse – je suis d'accord avec vous là-dessus – elle ressemble sacrément à une gambille au bout d'une corde sur *Execution Dock*, dans cette bonne ville de Londres. Mais à qui la faute ? À Anderson, à Hands et à toi, Georges Merry ! Toi qu'es le dernier encore à bord de votre bande de fouines et qu'as le diable de culot de vouloir devenir cap'taine à ma place – toi qui nous as coulés, tous tant qu'on est ! Tonnerre, ça c'est plus raide que tout !

Silver a fait une pause. J'ai constaté d'après les mines de Georges et de ses anciens camarades qu'il n'avait pas parlé pour rien.

— C'était pour le un, a crié l'accusé, en essuyant la sueur de son front car il avait parlé avec une véhémence à faire trembler le fortin. Ma parole, ça me dégoûte de vous parler ! Vous n'avez ni jugeote ni mémoire et je préfère pas imaginer ce que faisaient

vos mères pour vous avoir laissés prendre la mer !
La mer ! Gentilshommes de fortune ! Votre voca-
tion, c'était tailleurs, je vous en fiche mon billet !

— Continue, John, a dit Morgan. Explique sur les
autres points !

— Ha ! les autres, a répliqué John. Y en a un bon
paquet, hein ? Vous dites que le voyage est bousillé !
Bon sang, si vous pouviez comprendre à quel point
il l'est, bousillé ! On est si près de la potence que
mon cou se raidit rien que d'y penser. Vous en avez
vu, peut-être, des pendus à leur chaîne, les oiseaux
sur eux, avec les marins qui les montrent du doigt
alors qu'ils descendent à la mer avec la marée.
« C'était qui, lui ? » y en a un qui demande. « Lui ?
Ben c'était John Silver ! Je l'ai bien connu ! » répond
un autre. On entend cliqueter les chaînes en passant
pour arriver à la prochaine bouée. À présent, c'est à
peu près là qu'on en est tous sans aucune exception,
grâce à lui, à Hands, à Anderson et aux crétins cata-
strophiques que vous êtes tous. Et si vous voulez
savoir pour le point quatre et ce garçon, eh bien !
que le diable m'emporte ! est-ce que c'est pas un
otage ? On va gaspiller un otage ? Non, pas nous !
Il est peut-être notre dernière chance, moi, ça
m'étonnerait pas ! Le tuer, ce garçon ? Pas moi, les
gars ! Et le point trois ? Ha ! y a un paquet à dire
sur le point trois. Peut-être que vous comptez pour
rien d'avoir un vrai docteur diplômé pour vous voir
chaque jour – toi, John, avec ta tête cassée – ou toi,
Georges Merry, qui tremblais de fièvre y a moins de

six heures et qui as encore les yeux aussi jaunes qu'une peau de citron en ce moment où je parle ! Et peut-être vous étiez pas au courant qu'un bateau de secours est en route ? Seulement y en a un, et il tardera pas à arriver ! Et qui sera content d'avoir un otage quand il sera là ? Et pour le point deux – pourquoi j'ai passé un marché – d'abord vous êtes venus me le demander à genoux – à genoux que vous êtes venus, parce que vous étiez découragés – et vous seriez morts de faim si je l'avais pas fait – mais ça c'est qu'une bricole. Regardez plutôt ça ! La raison, elle est là !

Il a jeté au sol un papier que j'ai reconnu instantanément – rien d'autre que la carte sur le papier jauni avec les trois croix rouges que j'avais trouvée dans la toile cirée, au fond du coffre du capitaine. Pourquoi le docteur la lui avait-il donnée dépassait tout ce que je pouvais imaginer.

Si elle était inexplicable pour moi, son apparition a fait un effet incroyable sur les mutins. Ils ont sauté dessus comme un chat sur une souris. Elle est passée de main en main, chacun l'arrachant à son voisin. Et d'après les jurons, les exclamations et les rires puérils qui ont accompagné cet examen, on aurait dit non seulement qu'ils avaient déjà l'or entre les mains mais qu'ils étaient en mer avec lui, en sûreté, de surcroît.

— Oui, a dit l'un d'eux, c'est celle de Flint, c'est sûr ! J. F. et un trait au-dessous, avec une demi-clef. Il a toujours signé comme ça.

— C'est rudement joli, a dit Georges, mais comment qu'on fera pour partir avec, vu qu'on a pas de bateau ?

Silver s'est levé brusquement et, en se tenant au mur d'une main :

— Maintenant, je te préviens, Georges, a-t-il crié. Une autre insolence et tu viens dehors te battre ! Comment on fera ? Qu'est-ce que j'en sais, moi ? Ce serait à toi de le dire – toi et les autres – qu'êtes la cause que j'ai perdu ma goélette parce que vous vous en êtes mêlés, l'enfer vous brûle ! Mais tu me le diras pas, pas toi ! T'as pas plus de cervelle qu'un cafard ! Seulement tu peux parler poliment, Georges Merry, et faudra bien que tu le fasses, crois-moi !

— C'est plutôt juste, a dit le vieux Morgan.

— Juste ! Je crois qu'oui ! a dit le coq. Vous avez perdu le bateau, moi j'ai trouvé le trésor. Qui c'est qu'est le meilleur ? Et maintenant, moi je démissionne, mille tonnerres. Élisez qui il vous plaira comme cap'taine, moi j'en ai soupé !

— Silver ! ont-ils crié. Barbecue pour toujours ! Barbecue cap'taine !

— Ainsi vous changez de refrain, s'est écrié le coq. Georges, je crois qu'il te faudra attendre un autre tour, mon vieux. Et t'as de la chance que je suis pas revanchard. Mais ça a jamais été mon genre. Et maintenant, matelots, cette tache noire ?... Elle ne vaut plus rien, d'accord ? Dick a bousillé sa chance et gâté sa bible, un point c'est tout.

— On pourra toujours continuer de baiser le livre

216

pour jurer, non ? a grogné Dick que la malédiction qu'il avait attirée sur sa tête mettait visiblement mal à l'aise.

— Une bible avec un morceau qui manque ! a répondu Silver d'un ton ironique. Pas question. Ça garantit pas plus un serment qu'un livre de chansons !

— Quand même ! s'est écrié Dick avec une sorte de joie. J'estime que ça vaut le coup de l'avoir aussi.

— Tiens, Jim, une curiosité pour toi ! a dit Silver en me lançant le bout de papier.

Il avait à peu près la taille d'une pièce d'une couronne. Un côté était blanc – il s'agissait de la dernière page. L'autre portait un verset ou deux de l'Apocalypse – ces mots, entre autres, qui se sont profondément gravés dans mon esprit : « Dehors les chiens,... les assassins... ! » Le côté imprimé avait été noirci avec de la cendre qui commençait à s'en aller en me salissant les doigts. Sur le côté blanc on avait écrit avec le même matériau : « Dépposé ». J'ai toujours avec moi cette curiosité mais il ne reste aucune trace d'écriture, juste une marque comme on peut en faire avec l'ongle.

Ainsi se sont terminées les affaires pour ce soir-là. Sans tarder, après une rasade générale, nous sommes allés dormir. La vengeance de Silver a consisté à charger Georges Merry de monter la garde et à le menacer de le tuer s'il remplissait mal son rôle de sentinelle.

Il m'a fallu longtemps avant de fermer les yeux.

Le ciel m'est témoin que j'avais matière à penser, entre l'homme que j'avais tué cette après-midi, ma situation des plus risquées et, surtout, le jeu remarquable que j'avais vu Silver engager – garder les mutinés ensemble d'une main et, de l'autre, saisir tous les moyens, possibles et impossibles, pour faire la paix et sauver sa misérable vie. Lui-même dormait paisiblement et ronflait fort. Pourtant j'éprouvais de la peine pour lui – tout mauvais qu'il était – en songeant aux sombres périls qui l'environnaient et au sort honteux qui l'attendait sur le gibet.

30

Sur parole

Jim est réveillé – et tous les autres avec lui car il aperçoit la sentinelle qui se redresse en sursaut – par une voix cordiale venue de la lisière du bois.

– Ho ! Hé ! du fortin, crie-t-on. Voici le docteur !

Il fait à peine jour et Jim le voit, comme cette autre fois Silver, baigné jusqu'à la taille dans la brume.

– Vous voici de bonne heure ! s'exclame Silver. Mais c'est l'oiseau matinal, comme on dit, qu'attrape les rations ! Tout va bien, vos patients aussi, docteur... Et puis, y a ici une vraie surprise pour vous.

Il bavarde tandis que le docteur, après avoir franchi la palissade, gagne la porte du fortin.

— Ce n'est pas Jim ? demande-t-il d'une voix altérée.

— Si fait, réplique Silver. Plus lui-même que jamais.

— Bien, dit le docteur après un long silence dû à la surprise, le devoir d'abord. Voyons nos patients !

Un signe de tête à Jim en passant et, sans montrer d'appréhension bien que sa vie tienne à un fil, il se met à l'œuvre auprès des pirates comme s'il les visitait dans un paisible intérieur d'Angleterre. Puis quand il a fini :

— Eh bien ! voilà qui est fait pour aujourd'hui... Et maintenant, j'aimerais m'entretenir avec le garçon.

— Non ! grognent en chœur les boucaniers.

— Silence, vous autres ! rugit Silver en lançant un regard de lion. Et toi, Hawkins, continue-t-il, si tu me donnes ta parole de gentilhomme que tu fileras pas...

Jim s'empresse de promettre.

— Alors, docteur, dit Silver, une fois dehors, j'amène Jim, en dedans, lui. Vous causerez par les fentes.

Jim et Silver rejoignent le docteur. Le dos tourné à ses complices, Silver devient un autre homme.

— Docteur, dit-il, Jim vous expliquera comment j'y ai sauvé la vie. Vous témoignerez de ça, s'il le faut.

— Voyons, vous n'avez pas peur ? s'étonne le docteur.

— Je suis pas poltron, non, mais penser à la corde, ça me fait froid dans le dos. Alors vous oublierez pas ce que j'ai fait, hein ? Je vous laisse causer avec Jim.

Et il se recule de quelques pas.

— Ainsi, Jim, dit tristement le docteur, tu as profité de la maladie du capitaine pour t'enfuir... C'est lâche.

Jim ne peut pas s'empêcher de pleurer.

— Docteur, croyez-moi, dit-il, je saurai mourir, je sais que je le mérite... Mais je crains la torture.

– Jim, répond le docteur, sur un ton radicalement différent. Saute vite la palissade et filons !

— Docteur, j'ai donné ma parole !

— Je sais ! Mais tant pis ! Je prends tout sur moi !

— Non, répond Jim. Vous ne le feriez pas ! Ni M. Trelawney, ni le capitaine ! Et je ne le ferai pas non plus ! Mais s'ils en viennent à me torturer, là, j'ai bien peur de leur révéler où se trouve l'*Hispaniola* !

— L'*Hispaniola* ! s'écrie le docteur.

— Oui, je m'en suis emparé. Elle se trouve à présent dans la baie du Nord. À mi-marée, elle est à sec.

Et Jim raconte brièvement ses aventures.

– Il y a comme un sort dans tout ça, conclut pensivement le docteur. Chaque fois, tu nous sauves la vie. Crois-tu que nous allons te laisser mourir alors que tu as éventé la mutinerie et trouvé Ben Gunn ?... Oh ! bon Dieu, à propos de Ben Gunn !... Silver ! appelle-t-il, Silver ! venez, que je vous donne un bon conseil...

Et, quand le coq s'est rapproché, il ajoute :

— Pour le trésor, surtout ne vous précipitez pas !

— C'est que, docteur, je voudrais bien faire traîner les choses mais je peux pas sauver ma peau et celle du garçon sauf en allant le chercher, pouvez me croire !

— À ce compte, gare au grain quand vous trouverez !

— Vous en dites trop ou pas assez. Pourquoi que vous avez laissé le fortin et aussi la carte, je le sais, moi, hein ? Pourtant, j'ai marché, les yeux fermés. Là, c'est trop. Si vous voulez pas m'espliquer, je lâche le gouvernail !

— Je peux pas en dire plus, Silver, mais vous avez ma parole, si nous sortons vivants de ce piège à rats, je ferai tout pour vous sauver, sauf un faux témoignage !

Sur quoi, le docteur Livesey serre les mains de Jim à travers la palissade, salue Silver d'un signe de tête, et d'un pas décidé regagne le bois.

31

La chasse au trésor
L'indication de Flint

— Jim, dit Silver dès qu'ils sont seuls, t'as sauvé ma peau et j'ai sauvé la tienne. J'oublierai pas, oublie pas non plus. Maintenant, nous partons pour cette chasse au trésor et j'aime pas ça. Il faut rester collés l'un à l'autre, dos contre dos. Y a que comme ça qu'on s'en tirera.

Un matelot fait signe que le petit-déjeuner est prêt.

— Z'avez de la chance d'avoir Barbecue qui pense pour vous, les gars, dit Silver en mangeant. J'ai eu ce que je voulais, pas vrai. Quand on aura le trésor, on sera toujours à temps de voir pour le bateau.

Il parle pour regagner la confiance des boucaniers songe Jim qui l'a rarement vu ruser à ce point.

— Pour l'otage, j'ai tiré de lui ce qu'y avait à savoir. Pendant la chasse au trésor, je vais le tenir en laisse. On veillera sur lui comme sur un bijou, en cas de pépin. Mais dès qu'on aura le trésor et le bateau, et qu'on sera en mer, on causera un peu de Jim Hawkins et on lui donnera son dû, en paiement de ses gentillesses.

On le devine, Jim apprécie mal son petit-déjeuner. S'il peut faire ce qu'il vient d'énoncer, Silver, en vrai champion du double jeu qu'il est, n'hésitera pas. De plus, l'attitude de ses amis qui lui ont si facilement remis la carte le déroute complètement.

On se met en chemin. Silver, son perroquet sur l'épaule, tient une corde dont l'autre bout enserre la taille de Jim qui a tout l'air d'un ours savant.

Les boucaniers ont emporté des pelles et des pioches, des provisions et de l'eau-de-vie. Le petit groupe progresse en éventail, les mutins sautent par-dessus les obstacles en criant. Jim et Silver suivent comme ils peuvent, ce dernier peinant et soufflant.

Soudain, l'homme qui se tient le plus à gauche crie. Un squelette humain gît au pied d'un gros pin.

— C'est un marin ! dit Morgan après l'avoir examiné.

— Tu t'attendais à voir un évêque peut-être, répond Silver. Mais... Mille tonnerres ! Cette position, elle est pas naturelle. Passez-moi un peu la boussole !

De fait, le squelette a les mains jointes au-dessus de sa tête comme quelqu'un qui s'apprête à plonger.

224

La boussole indique E. S. E. quart E. Silver s'écrie :

— C'est ce que je pensais. Ce cadavre sert d'indication. Tout droit, c'est là qu'y a nos dollars. Mais j'ai froid dans le dos de repenser à Flint. C'est une de ses bonnes plaisanteries, y a pas d'erreur. Et l'endroit serait dangereux pour nous s'il était encore en vie.

— Je l'ai vu mort, s'empresse de dire Morgan. Billy me l'a montré, une pièce d'un penny sur chaque œil !

— Oui il est mort et enterré, dit un autre pirate. Mais si les esprits se baladent, çui de Flint, il se balade aussi.

— Ça suffit, bouclez-la ! dit Silver. On continue !

Ils reprennent leur marche vers le haut de la colline mais ils ont perdu leur bel entrain.

32

La chasse au trésor
La voix dans les arbres

En partie à cause de l'influence déprimante de cette
alerte, en partie pour laisser Silver et les hommes
malades se reposer, tout le monde s'est assis dès que
nous avons atteint le sommet de la pente.

Le plateau s'inclinait un peu vers l'ouest si bien
que, depuis le point où nous étions arrêtés, la vue
portait loin de chaque côté. Devant nous, au-dessus
des arbres, nous avions le cap des Bois que bordaient
les vagues. Derrière, nous dominions le mouillage de
l'îlot du Squelette et nous découvrions aussi, au-delà
de la lagune et des basses terres orientales, une vaste
étendue de haute mer, à l'est. À pic au-dessus de
nous se dressait la Longue-vue avec ici des pins

227

isolés, là, de noirs précipices. Il n'y avait aucun bruit sauf celui, lointain, des brisants qui nous parvenait de tout le pourtour de l'île et la stridulation d'innombrables insectes dans les buissons. Pas un homme, pas une voile sur la mer. L'étendue de la vue aggravait le sentiment de solitude.

Silver, une fois assis, a pris des repères avec sa boussole.

— Voilà trois « grands arbres », a-t-il dit, à peu près alignés avec l'îlot du Squelette. Le « replat de la Longue-vue », je suppose que c'est cet endroit là, en contrebas. Ce sera un jeu d'enfant de le trouver maintenant. J'ai comme dans l'idée de dîner d'abord.

— Je me sens pas d'attaque, a grogné Morgan. Penser à Flint, ça m'a achevé.

— Eh bien, fiston, tu peux remercier ta bonne étoile qu'il est mort ! a dit Silver.

— C'était un diable horrible à voir, a dit un troisième marin en frissonnant. Ce bleu sur son visage aussi !

— C'est comme ça que le rhum l'a emporté, a ajouté Merry. Bleu ! C'est vrai, je suis d'accord qu'il était bleu. C'est bien le mot !

Depuis qu'ils avaient trouvé le squelette et qu'ils s'étaient mis à repenser à Flint, ils parlaient de plus en plus bas. Ils en étaient presque arrivés à murmurer de sorte que leur discussion troublait à peine le silence des bois. Brusquement, au milieu des arbres, devant nous, une petite voix fine et chevrotante a entonné l'air et les paroles bien connus : « À quinze sur le coffre du mort – Yo ho ho ! Et une bouteill'de rhum ! »

Je n'ai jamais vu personne accuser le coup comme les pirates. La couleur a disparu de leurs six visages comme par enchantement. Certains ont bondi sur leurs pieds, d'autres se sont cramponnés à leurs voisins. Morgan s'est jeté à quatre pattes.

— C'est Flint, nom de... ! a crié Merry.

La chanson s'est interrompue aussi brusquement qu'elle avait commencé, étouffée aurait-on dit, au milieu d'une note, comme si quelqu'un avait posé la main sur la bouche du chanteur. Comme elle avait traversé les cimes verdoyantes des arbres dans une atmosphère pure et ensoleillée, je l'avais trouvée aérienne et douce. Son effet sur mes compagnons était d'autant plus étrange.

— Allons, ça marche pas ! a dit Silver en luttant avec ses lèvres couleur de cendre pour les forcer à laisser passer les mots. Debout les gars, parés à continuer ! Ça commence bizarrement et j'arrive pas à reconnaître la voix mais c'est quelqu'un qui se paie notre fiole, quelqu'un en chair et en os, pouvez me croire !

Le courage lui était revenu en parlant, et un peu de couleur sur son visage, en même temps. Déjà, les autres prêtaient l'oreille à cet encouragement et se reprenaient un peu quand la même voix cassée s'est fait entendre à nouveau – pas en chantant, cette fois, mais dans une sorte d'appel faible et lointain qui se perdait en échos encore plus faibles dans les ravins de la Longue-vue.

— Darby Mac Graw, a-t-elle gémi – c'est le mot qui décrit le mieux le son – Darby Mac Graw ! Darby Mac Graw ! et encore, et encore, et encore.

Puis, en montant et avec un juron que j'omets :

— Va m'chercher le rhum, Darby Mac Graw !

Les boucaniers sont restés aussi immobiles que s'il leur avait poussé des racines. Les yeux leur sortaient de la tête. Longtemps après que la voix s'est tue, ils sont restés à regarder droit devant eux, en proie à la terreur.

— C'est réglé ! a dit l'un d'eux. Filons d'ici !

— Ç'a été ses derniers mots, a gémi Morgan. Les derniers avant de casser sa pipe !

Dick avait sorti sa bible et priait avec volubilité. Il avait été bien élevé, ce Dick, avant de prendre la mer et d'y faire de mauvaises rencontres.

Silver, pourtant, n'était pas vaincu. J'entendais ses dents claquer dans sa bouche mais il n'avait pas encore capitulé.

— Personne dans cette île a jamais entendu parler de Darby, a-t-il marmonné, personne sauf nous autres, ici.

Et puis, au prix d'un gros effort :

— Les copains, a-t-il dit, je suis venu pour prendre le magot et personne m'en empêchera, ni un homme, ni le diable ! J'avais pas peur de Flint vivant et, mille tonnerres, je lui ferai face mort ! Il y a sept cent mille livres à un quart de mile d'ici. Quand est-ce qu'un gentilhomme de fortune a montré la poupe à autant d'argent à cause d'un vieil ivrogne de marin qu'avait la trogne bleue – et qu'est mort, en plus !

Aucun signe n'a montré que les autres reprenaient courage. Au contraire, ils ont semblé encore plus effrayés qu'avant, à cause de l'irrévérence du propos.

— Arrête là, John ! a dit Merry. Te mets pas un exprit à dos !

Les autres étaient trop terrifiés pour parler. Ils seraient partis en courant, chacun de son côté, s'ils avaient osé. Mais la peur les faisait rester ensemble, et près de John, comme si son audace les aidait. Lui, de son côté, avait bien surmonté son moment de faiblesse.

— Un exprit ? Mouais, peut-être. Mais y a une chose qu'est pas claire. Y avait un écho. Eh bien, jamais personne a vu un esprit avec une ombre, pas vrai ? Alors comment ça se fait qu'il y avait un écho ? J'aimerais bien savoir ! C'est pas naturel, pour sûr !

L'argument m'a semblé faible. Mais on ne peut jamais prévoir ce qui touchera les gens superstitieux. À ma surprise, Georges Merry s'est trouvé soulagé.

— C'est pourtant vrai ! a-t-il dit. T'as une tête sur les épaules, John, y a pas d'erreur ! Sur le pont, les gars ! L'équipage avait la mauvaise tactique, je crois. En y repensant mieux, c'était comme la voix de Flint, je vous l'accorde, mais elle était pas aussi sonore, après tout. C'était plus comme la voix d'un autre – c'était plus...

231

— Ben Gunn, mille tonnerres ! a rugi Silver.

— Ouais ! c'était bien ça ! a crié Morgan en se mettant droit sur les genoux. C'était bien Ben Gunn !

— Ça change pas grand-chose, si ? a demandé Dick. Ben Gunn est pas plus là en chair et en os que Flint.

Les autres ont accueilli la remarque avec dédain.

— Personne se soucie de Ben Gunn, a crié Merry. Mort ou vivant, personne s'en soucie de lui !

La façon dont ils ont repris courage en même temps que les visages retrouvaient des couleurs a été extraordinaire. Ils ont recommencé à bavarder tout en prêtant l'oreille de temps en temps. Peu après, n'entendant pas de nouveau bruit, ils ont remis leurs outils sur l'épaule et sont repartis. Merry marchait seul devant avec la boussole de Silver pour vérifier qu'ils restaient dans l'axe de l'îlot du Squelette. Il avait dit vrai : vivant ou mort, personne ne se souciait de Ben Gunn.

Seul Dick, sa bible à la main, a continué de jeter des coups d'œil inquiets autour de lui en marchant. Mais il ne rencontrait aucune sympathie et Silver s'est même moqué de ses précautions.

— Je t'avais prévenu, a-t-il dit, t'as gâté ta bible. Si elle est même plus bonne pour que tu jures dessus, combien tu crois qu'un esprit en donnerait ? Pas ça !

Et il a fait claquer ses gros doigts en s'arrêtant un moment sur sa béquille.

Il n'y avait plus rien à faire pour réconforter Dick.

Il était évident qu'il était en train de tomber malade : la fièvre, que le docteur Livesey avait annoncée. Attisée par la chaleur, la fatigue et cette dernière alerte, elle montait rapidement.

Marcher à découvert sur la crête était agréable. Notre chemin descendait légèrement car, comme je l'ai dit, le plateau s'inclinait vers l'ouest. Les pins, grands et petits, étaient très espacés. Entre les touffes de muscadiers et d'azalées, de vastes espaces vides grillaient sous le soleil. En traversant l'île vers le nord-ouest comme nous le faisions, nous nous approchions de plus en plus de la Longue-vue et, en même temps, la vue s'élargissait sur la baie occidentale où j'avais été ballotté, tout tremblant, dans le coracle.

Nous avons atteint le premier des trois « grands arbres ». Sa position prouvait que ce n'était pas le bon. De même pour le deuxième. Émergeant du sous-bois, le troisième montait à près de deux cents pieds dans les airs, un géant végétal avec un tronc rouge aussi gros qu'un cottage et une ombre si grande qu'une compagnie aurait pu y manœuvrer. Il était visible depuis très loin en mer, tant à l'est qu'à l'ouest, et aurait pu figurer comme repère sur une carte marine.

Ce n'était cependant pas sa taille qui, pour l'heure, impressionnait mes compagnons. C'était de savoir que sept cent mille livres en or étaient enterrées quelque part dans son ombre. Penser à tout cet argent, alors qu'ils s'en approchaient, dissipait leur terreur de naguère. Les yeux brûlaient dans les orbites. Les pas s'accéléraient, se faisaient plus légers. Les esprits étaient tout entiers possédés par cette fortune, cette vie entière d'abondance et de plaisir, qui était là, à les attendre tous.

Silver sautillait sur sa béquille en grognant. Ses narines dilatées tremblaient. Il jurait comme un fou quand des mouches se posaient sur son visage rouge et suant. Il tirait furieusement sur le filin avec lequel il me tenait en laisse et, de temps à autre, me lançait des regards meurtriers. Il ne prenait certes pas la peine de cacher ses pensées et je pouvais lire en lui comme dans un livre ouvert. La proximité de l'or lui avait fait oublier tout le reste : sa promesse et l'avertissement du docteur appartenaient tous deux au passé. Je n'en doutais pas, il espérait s'emparer du trésor, trouver l'*Hispaniola* et y monter à la faveur de la nuit, couper toutes les gorges honnêtes sur l'île et mettre à la voile pour fuir ainsi qu'il en avait d'abord eu l'intention, couvert de crimes et de richesses.

Bouleversé comme je l'étais par ces perspectives, j'avais du mal à suivre l'allure rapide des chasseurs de trésor. De temps à autre, je trébuchais. C'était alors que Silver tirait sur la laisse et me lançait ses regards assassins. Dick s'était laissé distancer et, désormais, venait en dernier en marmottant prières et malédictions tandis que sa fièvre empirait. Cela ajoutait à ma détresse et, pour couronner le tout, j'étais hanté par la tragédie qui s'était déroulée sur ce même plateau, quand ce boucanier sans foi ni loi à la figure bleue – lui qui était mort à Savannah en chantant et en réclamant à boire ! – avait, de ses mains, abattu ses six complices. Ce bosquet si paisible avait dû retentir de cris horribles, pensais-je. En même temps que j'y pensais, il me semblait les entendre encore.

Nous étions parvenus à la lisière du fourré.

— Hourra, les gars, tous ensemble ! a crié Merry.

Et ceux qui étaient devant se sont mis à courir.

Soudain, alors qu'ils n'avaient pas fait dix pas, nous les avons vus s'arrêter. Un grand cri a jailli. Silver a doublé l'allure en pagayant avec sa béquille comme un possédé. Un instant plus tard, lui et moi, étions aussi à l'arrêt.

Devant nous, il y avait un grand trou. Il n'était pas très récent car les bords s'étaient écroulés et de l'herbe avait poussé au fond. Dedans, il y avait un manche de pioche cassé en deux et les planches de plusieurs caisses, jetées là en vrac. Sur l'une d'elles j'ai pu lire un nom inscrit au fer rouge : *Walrus* – le nom du bateau de Flint.

Il n'y avait plus aucun doute : la cache avait été trouvée et pillée. Les sept cent mille livres s'étaient envolées !

33

La chute d'un chef

Jamais on n'a vu pareil renversement de situation. Les six hommes en restent comme assommés debout. Chez Silver, le choc passe plus vite. Toute son énergie s'était focalisée sur le trésor. En un instant, il modifie ses plans et glisse à Jim un pistolet à double canon.

— Prends ça, et veille au grain ! dit-il, bas, tout en se déplaçant pour mettre la fosse entre lui et les autres.

Et comme plusieurs boucaniers ont sauté dans le trou dont ils creusent le fond avec frénésie, il lance :

— Grattez, mes agneaux ! Y a sûrement des truffes !

— Des truffes ! s'écrie Merry. Vous entendez, les

gars ? Il était au courant de tout ! Ça se lit sur sa figure !

— Alors tu te prends pour le cap'taine ? dit Silver.

Cette fois, pourtant, ils sont tous contre lui mais aucun n'ose ouvrir les hostilités. Pensant faire avancer les choses, Merry y va de son petit discours :

— Les gars, ils sont deux d'un côté, un invalide qui nous a roulés dans la farine et ce morveux à qui je compte bien arracher le cœur ! Maintenant, camarades...

Il va mener l'assaut mais juste alors – crac ! crac ! crac ! – trois coups de mousquet partent des buissons. Merry s'effondre tête en avant dans la fosse. Un autre mutin tourne comme une toupie avant de tomber, tué net. Les trois autres prennent leurs jambes à leur cou.

Aussitôt, des muscadiers voisins, sortent le docteur, Gray et Ben Gunn, leurs mousquets encore fumants.

Long John s'avance tranquillement vers le docteur.

— Merci docteur, vous êtes arrivés à temps, dit-il en s'épongeant le front. Quant à toi, Ben, continue-t-il en se tournant vers Ben Gunn, tu es un joli coco ! Quand je pense à la façon dont tu nous as bernés !

Tandis que tout le monde s'en retourne, le docteur raconte en quelques mots ce qu'il s'est passé.

Au cours de ses errances sur l'île, Ben Gunn a fini par trouver le trésor qu'il a transporté dans une caverne à flanc de colline. Le docteur a appris son secret le lendemain de l'attaque du fortin. Avec l'accord du chevalier et du capitaine, il est allé trouver Silver et lui a remis la carte, qui ne servait plus à rien. Ils ont également cédé le fortin ainsi que toutes les provisions, car la caverne de Ben Gunn contenait de la viande de chèvre salée en abondance. Ils ont tout laissé, explique-t-il, pour aller monter la garde auprès du trésor.

Seulement, le matin, en voyant le départ pour la chasse au trésor, il a su dans quelle délicate situation Jim se trouvait. Laissant le capitaine à la garde du chevalier, il a pris Gray et Ben Gunn avec lui pour se lancer à la poursuite des boucaniers. Grâce à la mystification de Ben Gunn qui les a considérablement ralentis, ils ont pu les distancer et s'embusquer.

La caverne où ils arrivent est un endroit spacieux et aéré. Dans un coin, on aperçoit des montagnes de pièces et des piles carrées bâties avec des barres d'or. Combien de larmes et de sang a-t-il fallu verser pour l'amasser ? Combien de bons bateaux envoyés par le fond ? Combien de braves marins poussés sur la planche les yeux bandés ?

Sans doute Jim recevrait-il un accueil glacial si le docteur ne parlait aussitôt en sa faveur. Savoir qu'il ne faudra pas attendre le navire de secours dispose si favorablement le chevalier à son égard qu'il ne lui fait pas le moindre reproche. Quant au capitaine, qui est allongé devant un grand feu, il le fait venir près de lui.

— Vous êtes un bon garçon dans votre genre, Jim, lui dit-il. Mais je ne pense pas que vous et moi, nous reprendrons la mer ensemble. À mes yeux, vous avez un peu trop de l'enfant gâté !

Quel souper de fête ce soir-là pour Jim et ses amis ! Jamais il n'y a eu convives plus joyeux ni plus heureux. Silver est là aussi, qui se tient un peu à l'écart mais mange de bon appétit, s'empresse de se lever dès qu'il manque quelque chose et se joint aux éclats de rire généraux... Exactement le matelot discret, poli, obséquieux de la première partie du voyage.

34

Et dernier

Le lendemain nous nous sommes mis au travail de bonne heure. Transporter une telle masse d'or sur presque un mile jusqu'au rivage puis sur trois miles jusqu'à l'*Hispaniola* n'était pas une mince affaire pour un aussi petit nombre de travailleurs. Les trois individus qui traînaient encore sur l'île ne nous ont pas beaucoup inquiétés. Une seule sentinelle postée en haut de la colline suffisait à nous protéger d'une attaque soudaine et nous avons pensé qu'en plus, ils avaient eu plus que leur compte de bagarre.

Aussi la besogne est-elle allée bon train. Gray et Ben Gunn ont fait les allers et retours avec la barque tandis que les autres empilaient le trésor sur la plage pendant leur absence. Deux barres attachées avec un bout de corde faisaient une bonne charge pour un homme – de celles qui le forcent à marcher doucement. Pour ma part, comme je n'étais guère utile pour le transport, je me suis employé tout le jour dans la grotte à mettre les pièces de monnaies dans des sacs à pain.

C'était une étrange collection qui ressemblait au magot de Billy Bones pour la diversité des monnaies mais tellement plus grande et plus variée que, je crois, rien ne m'a jamais fait autant plaisir que de la trier.

Des pièces anglaises, françaises, espagnoles, des louis et des georges, des doublons et des doubles guinées, des moïdores et des sequins, les portraits de tous les rois d'Europe des cent dernières années, de curieuses pièces orientales frappées de ce qui ressemblait à des volutes de fil ou à des morceaux de toile d'araignée, des pièces rondes et des pièces carrées, des pièces percées d'un trou au milieu comme pour pouvoir les porter au cou – toutes les sortes de monnaies du monde – du moins, je le crois – devaient figurer dans cette collection. Pour le nombre, je suis sûr qu'elles étaient comme les feuilles d'automne, si bien que j'avais mal au dos, à force de me tenir courbé, et aux doigts, à force de trier.

Jour après jour, le travail s'est poursuivi. Chaque soir une fortune avait été rangée à bord mais une autre fortune restait encore pour le lendemain. De toute cette période-là, nous n'avons pas eu de nouvelles des trois mutinés survivants.

Finalement – je crois que c'était la troisième nuit – le docteur et moi nous promenions en haut de la colline d'où nous dominions les parties basses de l'île quand le vent nous a apporté un bruit étrange, à mi-chemin entre hurlements et chanson, qui venait de l'ombre épaisse au-dessous de nous. Seules quelques bribes de voix ont frappé nos oreilles, suivies par le même silence qu'auparavant.

— Le Ciel leur pardonne ! a dit le docteur. Ce sont les mutins.

— Tous soûls, monsieur, a dit la voix de Silver derrière nous.

Silver, je dois le dire, jouissait d'une entière liberté et, malgré des rebuffades quotidiennes, semblait se considérer comme un serviteur privilégié et apprécié. Réellement, la façon dont il supportait les affronts était remarquable, tout comme la politesse sans faille qu'il manifestait pour essayer de se faire bien voir de tous. Pourtant, à mon avis, personne ne le traitait mieux qu'un chien, sauf Ben Gunn, qui avait terriblement peur de son ancien quartier-maître, et moi, qui avais des raisons de lui être reconnaissant. À ce propos, cependant, j'étais en droit de penser plus de mal de lui que quiconque d'autre car je l'avais vu, sur le plateau, méditer une nouvelle traîtrise. Tout ceci a fait que le ton du docteur, pour lui répondre, a été rogue.

— Soûls ou en train de délirer ! a-t-il dit.

— Z'avez raison, m'sieur, a répondu Silver. Pour

vous comme pour moi, ça fait pas beaucoup de différence.

— Vous pourriez difficilement demander qu'on
vous prenne pour un être plein d'humanité, j'imagine, a répliqué le docteur avec une grimace de
mépris. De sorte que mes sentiments risquent de
vous surprendre, maître Silver. Mais si j'étais sûr
qu'ils délirent – et je suis certain qu'un des trois, au
moins, a la fièvre – je quitterais le camp et, quel que
soit le risque pour ma carcasse, j'irais leur porter
assistance.

— Je vous demande bien pardon, m'sieur, mais
vous auriez bigrement tort, a dit Silver. Vous y per-
driez votre précieuse vie, croyez-moi. Je suis de votre
côté à présent, la main et le gant ! Et je ne voudrais
pas voir notre troupe affaiblie en étant privée de
vous, alors que je sais tout ce que je vous dois. Mais
ces hommes, là, en-bas, ils sont pas capables de tenir
parole, même pas en supposant qu'ils le voudraient.
Et, en plus, ils croiraient pas que vous, vous pourriez
tenir la vôtre !

— Non, a dit le docteur. Tandis que vous, vous
êtes homme à tenir vos promesses, nous le savons !

Ce sont à peu près les dernières nouvelles que
nous avons eues des trois pirates. Juste une fois, nous
avons entendu un coup de feu lointain ; nous avons
supposé qu'ils chassaient. Un conseil s'est tenu et
nous avons décidé qu'il fallait les abandonner sur
l'île – pour l'immense joie, je dois le dire, de Ben
Gunn, et avec la forte approbation de Gray. Nous

avons laissé un bon stock de poudre et de balles, la réserve de chèvre séchée, quelques médicaments, et quelques autres objets utiles, outils, vêtements, une voile de rechange, une brasse ou deux de corde, et, sur la demande expresse du docteur, une jolie provision de tabac.

C'est la dernière chose que nous avons faite sur l'île. Auparavant, nous avions fini de transférer le trésor et nous avions embarqué assez d'eau et le reste de la viande de chèvre, en cas de besoin. Enfin, un beau matin, nous avons levé l'ancre, ce qui était à peu près tout ce que nous étions capables de faire. Puis nous sommes sortis de la crique nord en arborant les même couleurs que celles que le capitaine avait levées et défendues à la palissade.

Les trois gaillards avaient dû nous surveiller de plus près que nous le pensions, nous en avons bientôt eu la preuve. Pour franchir la passe, il a fallu venir près de la pointe sud et là, nous les avons vus, agenouillés tous les trois ensemble sur une flèche sablonneuse, les bras levés dans un geste de supplication. Cela nous a fait mal au cœur de les laisser en si pitoyable situation. Mais nous ne pouvions pas risquer une nouvelle mutinerie, outre que les ramener au pays pour les envoyer à la potence aurait constitué un acte de gentillesse bien cruel. Le docteur leur a dit où trouver les provisions que nous avions laissées. Ils ont continué à nous appeler par nos noms et à nous supplier, pour l'amour de Dieu, d'avoir pitié et de ne pas les laisser mourir dans un pareil endroit.

Finalement, en voyant que le bateau continuait sa course et qu'il arrivait hors de portée de voix, l'un d'eux – je ne sais pas lequel – s'est mis debout avec un cri rauque, a épaulé son mousquet et a lâché une balle qui a sifflé au-dessus de la tête de Silver avant de trouer la grand-voile.

Après ça, nous sommes restés à l'abri du bastingage. Quand j'ai regardé de nouveau, ils avaient disparu de la bande de sable, laquelle n'était pratiquement plus discernable à cause de la distance. Ainsi se termina cet épisode et, avant midi, le plus haut piton de l'Île au trésor avait plongé dans le bleu de la mer, ce qui m'a causé une joie inexprimable.

Nous étions si justes en hommes que chacun à bord a dû mettre la main à la pâte – seul le capitaine est resté allongé sur un matelas à la poupe d'où il donnait des ordres car, s'il avait bien récupéré, il avait encore besoin de repos. Nous avons mis le cap sur le port le plus proche de l'Amérique espagnole car nous ne voulions pas risquer la traversée sans un nouvel équipage. De fait, quelques vents contraires et une paire de fortes brises nous ont laissés complètement épuisés avant même de l'atteindre.

C'est juste au crépuscule que nous avons jeté l'ancre dans une belle baie abritée dans les terres. Nous avons aussitôt été entourés de barques pleines de Nègres, d'Indiens et de métis qui vendaient des fruits et des légumes et se proposaient de plonger pour une piécette. La vision de tant de visages souriants – surtout ceux des Noirs –, la saveur des fruits tropicaux et, surtout, les lumières qui commençaient à s'allumer en ville formaient un contraste enchanteur avec notre séjour sinistre et sanglant sur l'île. Le docteur et le chevalier sont allés passer la soirée à terre en m'emmenant. Ils y ont rencontré le capitaine d'un navire de guerre anglais, ont engagé la conversation avec lui, sont montés à son bord et, pour faire court, y ont passé le temps de façon si plaisante que le jour se levait quand nous sommes revenus à l'*Hispaniola*.

Ben Gunn était sur le pont et, dès que nous sommes montés à bord, il a commencé, avec d'extraordinaires contorsions, à nous faire des aveux. Silver s'était enfui. Il l'avait aidé à s'échapper quelques heures plus tôt dans une des barques venues du rivage. Il nous a certifié qu'il avait agi ainsi pour sauver nos vies, qui auraient été forcément en danger si « cet homme avec une jambe était resté à bord ». Ce n'était pas tout. Le coq n'avait pas filé les mains vides. Il était parvenu à percer une cloison et à s'emparer d'un sac de pièces d'or d'une valeur de, peut-être, trois ou quatre cents guinées, pour l'aider à continuer ses voyages.

Je pense que nous avons tous été contents d'être quitte avec lui à si bon marché.

Ensuite, pour faire court avec une longue histoire, nous avons recruté des matelots, nous avons effectué une bonne traversée de retour et l'*Hispaniola* a rejoint Bristol au moment où M. Blandly commençait à envisager d'armer un navire pour nous venir en aide. De tous ceux qui avaient embarqué, elle ramenait cinq hommes seulement. « L'alcool et le diable s'étaient chargés des autres », à cette différence près, tout de même, que notre situation n'était pas aussi mauvaise que celle de ce bateau dont la chanson disait :

> « ... Avec un seul homm'd'équipage en vie,
> Quand à soixante-quinz'ils étaient partis ! »

Chacun de nous a reçu une bonne part du trésor et l'a employée sagement ou follement, selon sa nature. Le capitaine Smollett est désormais retraité. Gray n'a pas seulement épargné son argent mais le désir l'a pris soudain de progresser socialement. Il a appris sérieusement son métier de marin. Il est actuellement second sur un navire dont il est copropriétaire. Marié, en outre, et père de famille.

Ben Gunn a reçu un millier de livres qu'il a dépensées ou perdues au jeu en trois semaines, ou, pour être plus précis, en dix-neuf jours car il est revenu mendier le vingtième. On lui a alors donné un poste de gardien, juste comme il le craignait dans l'île. Il est toujours en vie, grand favori des gosses du pays quoique souvent victime de leurs moqueries. Il se fait aussi apprécier comme chanteur à l'église, le dimanche et les jours de fête.

De Silver, nous n'en avons plus jamais entendu

parler. Ce formidable marin avec une seule jambe a fini par sortir complètement de ma vie. J'ose m'imaginer qu'il a retrouvé sa vieille Négresse et qu'il vit agréablement avec elle et Cap'tain Flint. C'est à souhaiter, je suppose, car ses chances de connaître une vie agréable dans l'autre monde sont très minces.

Autant que je sache, les lingots d'argent et les armes sont toujours à l'endroit où Flint les a enterrés. Pour ce qui me concerne, ils y resteront à coup sûr. Même la force ne me ferait pas retourner sur cette île maudite. Et les pires de mes rêves sont ceux où j'entends les vagues marteler ses côtes et où je finis par m'éveiller en sursaut dans mon lit avec la voix perçante de Cap'tain Flint qui hurle à mes oreilles : « Pièces de huit ! Pièces de huit ! »

TABLE

Première partie : L'ancien boucanier

Deuxième partie : Le coq

Troisième partie : Mon aventure à terre

Quatrième partie : Le fortin

Cinquième partie : Mon aventure en mer

Sixième partie : Capitaine Silver

« Pour l'éditeur, le principe est d'utiliser des papiers composés de fibres natu-
relles, renouvelables, recyclables et fabriquées à partir de bois issus de forêts qui
adoptent un système d'aménagement durable. En outre, l'éditeur attend de ses
fournisseurs de papier qu'ils s'inscrivent dans une démarche de certification
environnementale reconnue. »

Composition PCA - 44400 Rezé

Imprimé en Espagne par BLACKPRINT CPI IBERICA
32.10.2397.1/10- ISBN : 978-2-01-322397-3
Loi n° 49-956 du 16 juillet 1949 sur les publications destinées à la jeunesse
Dépôt légal: septembre 2012